# IQ《アイキュー》探《たん》偵《てい》ムー

## バカ田《ダ》トリオのゆううつ

作《さく》◎深沢《ふかざわ》美潮《みしお》　画《が》◎山田《やまだ》J太《じぇいた》

ポプラ社

「おい、なんだよ！　最近、つきあいわりぃなぁあ!!」

河田の声が教室に響きわたった。

見れば、河田と島田にはさまれ、山田が椅子に座ったまままっ赤な顔をしている。

**深沢美潮《ふかざわみしお》**

武蔵野《むさしの》美術《びじゅつ》大学《だいがく》造形《ぞうけい》学科《がっか》卒《そつ》。コピーライターを経《へ》て作《さっ》家《か》になる。著作《ちょさく》は、『フォーチュン・クエスト』、『デュアン・サーク』（電撃文庫《でんげきぶんこ》）、『菜子《なこ》の冒険《ぼうけん》』（富士見《ふじみ》ミステリー文庫）、『サマースクールデイズ』（ピュアフル文庫）など。ＳＦ作家《さっか》クラブ会員《かいいん》。みずがめ座《ざ》。動物《どうぶつ》が大《だい》好《す》き。好《す》きな言葉《ことば》は「今《いま》からでもおそくない！」。

**山田Ｊ太《やまだじぇいた》**

１／26生《う》まれのみずがめ座《ざ》。O型《がた》。漫画家兼《まんがかけん》イラスト描《か》き。『マジナ!』（企画《きかく》・原案《げんあん》EDEN'S NOTE／アスキー・メディアワークス「コミックシルフ」）、『ぎふと』（芳文社《ほうぶんしゃ》「コミックエール!」）連載中《れんさいちゅう》。１巻発売《かんはつばい》の頃《ころ》やって来《き》た猫《ねこ》は、3才《さい》になりました（人間《にんげん》で言《い》うと28才《さい》）。

★目次《もくじ》

## ★登《とう》場《じょう》人《じん》物《ぶつ》紹《しょう》介《かい》●●●

### 杉《すぎ》下《した》元《げん》

小学《しょうがく》五年生《ごねんせい》。好奇心旺盛《こうきしんおうせい》で、推《すい》理小説《りしょうせつ》や冒険《ぼうけん》ものが大好《だいす》きな少年《しょうねん》。ただ、幽霊《ゆうれい》やお化《ば》けには弱《よわ》い。夢羽《むう》の隣《となり》の席《せき》。

### 茜《あかね》崎《ざき》夢《む》羽《う》

小学五年生《しょうがくごねんせい》。ある春《はる》の日《ひ》に、元《げん》と瑠香《るか》のクラス五年一組《ごねんいちくみ》に転校《てんこう》してきた美少女《びしょうじょ》。頭《あたま》も良《よ》く常《つね》に冷静沈着《れいせいちんちゃく》。

### 山田《やまだ》孝《たかし》、恭子《きょうこ》、愛《あい》

山田《やまだ》の父《ちち》、母《はは》、妹《いもうと》。

### コーキチ

山本家《やまもとけ》の雑種犬《ざっしゅけん》。

### ラムセス

夢羽《むう》といっしょに暮《く》らすサーバル・キャット。

## 小林《こばやし》聖二《せいじ》

五年《ごねん》一組《いちくみ》の生徒《せいと》。
クラス一頭《いちあたま》がいい。

## 大木《おおき》登《のぼる》

五年《ごねん》一組《いちくみ》の生《せい》
徒《と》。元《げん》と仲《なか》が良《よ》
く、食《く》いしん坊《ぼう》。

## 河田《かわだ》一雄《かずお》、島田《しまだ》実《みのる》、山田《やまだ》一《はじめ》

五年《ごねん》一組《いちくみ》の生徒《せいと》。「バカ田《ダ》トリオ」と
呼《よ》ばれている。

## 江口《えぐち》瑠香《るか》

小学《しょうがく》五年生《ごねんせい》。元《げん》とは保育《ほいく》
園《えん》の頃《ころ》からの幼《おさな》なじみの
少女《しょうじょ》。すなおで正義感《せいぎかん》も
強《つよ》い。活発《かっぱつ》で人気《にんき》がある。

## 峰岸《みねぎし》愁斗《しゅうと》

イケメン刑事《けいじ》。背《せ》
が高《たか》くて、茶髪《ちゃぱつ》。

## 内田《うちだ》薫《かおる》

峰岸《みねぎし》の部下《ぶか》の
警官《けいかん》。

銀杏《いちょう》が丘市《おかし》
MAP
農業高校
桜坂公園
吉野湯
自動車工場
桜並木
並浪川
久美の家
楓陽館
公営プール
咲間川
第二小
第二中
喫茶ナイアガラ
警察署
国道
カムパネルラ商会

裏山
島田の家
五部林公園
愛子が淵
和野戸神社
瑠香の家
夢羽の家
元の家
第一中
エリーゼ女子大
第一小
吾妻橋
寿万寺
あけぼの湯
N
ギンギン商店街
コミュニティ
センター
薬局
銀行
寿湯
図書館
州子稲荷

# バカ田《ダ》トリオのゆううつ

## ★冬の短冊《たんざく》

### 1

白い紙飛行機が孤《こ》を描《えが》いて、川面《かわも》へゆっくり落ちていった。

その軌跡《きせき》を吾妻橋《あづまばし》の欄干《らんかん》から、ぼんやり見ているのは黒いランドセルを背負《せお》った小学生だ。

眉毛《まゆげ》の上でぷっつり切りそろえた髪《かみ》はツヤツヤしていて、とぼけた顔立ちをますます面白《おもしろ》くしている。

しかし、今の彼《かれ》の横顔にはふざけた表情《ひょうじょう》はなく、どこか思いつめたような、しょんぼりしたような感じだった。

頃《ころ》は冬……。

十二月に入ったばかり。

彼《かれ》のため息は白く煙《けむ》り、その息のような色の空が重くたれこめていた。

「お、山田《やまだ》。やっぱここにいたのか」

「なんだ、先に帰ったのかよ。捜《さが》したぜ」

同級生らしき男子がふたり、同じくランドセルをかつぎ、やってきた。

一方はひょろっと背《せ》の高い男子で落ち着きがなく、せかせかした歩き方でやってくる。

もう一人《ひとり》は小柄《こがら》な男子。すばしっこそうな動きで、小さな目をイタズラっぽく動かしている。

背の高いのが河田《かわだ》一雄《かずお》。まったく不似合《ふにあ》いだが、クラス委員長をやっている。かといって人望があるわけではなく、むしろいつも先生に怒《おこ》られているような男子だ。

小さいほうが島田実《しまだみのる》。小柄《こがら》だがその分、声が大きい。スポーツは万能《ばんのう》で、常《つね》にこんがり日焼けしている。

紙飛行機を飛ばしていたのは山田一《やまだはじめ》。四人兄弟の長男だが、いつも弟たちにバカにされている。

三人は名字に「田」がつくところ、そして、まれに見るバカさかげんから、「バカ田《ダ》トリオ」と呼《よ》ばれていたが、だからといって生活や態度《たいど》を改めたりする彼《かれ》らではない。

「バカって言ってるやつがバカなんだ」

「ふん、そうだぜ。バーカ、カーバ！」

「うんちうんち、ウンチカーバ！」

などと、さらに頭の程度《ていど》、品性《ひんせい》のなさを証明《しょうめい》してしまうようなことを言っては、みんなからあきれられている。

山田《やまだ》がもうひとつ折ろうとしていた紙飛行機を見て、河田《かわだ》はゲラゲラ笑った。

「おい、何やってんのかと思ったら、テストかよ！」

島田《しまだ》はサルのように跳《は》ねた後、大急ぎでランドセルを道路に下ろした。

「オレも、オレもやるぜ‼」

「ちぇ、オレもだ‼」

河田《かわだ》も賛成《さんせい》し、暗い顔をしていた山田《やまだ》もようやく調子を取りもどしてきた。

「飛ばしっこするか⁉」

「小便か？」

「ばーか。紙飛行機だ！」

三人は三人合わせても、百点には届《とど》かないテストの答案用紙を折り、紙飛行機を作った。

ちなみに、漢字のテストと計算のテストである。

「ちょっとぉ、何やってんのよぉ！」

同じように学校からの帰り道、通りかかった女子がとがめるような声で呼《よ》びかけた。

クルンときれいにカールしたツインテール。

ピンク、オレンジ、白が配色されたダウンジャケットを着て、スリムなジーンズの上にフリルのついたミニスカート。上はボンボンのついた白いセーターというスタイルで、全部同じブランド。小学生に一番人気のあるブランドだから、かなりオシャレなのがわかる。

彼女《かのじょ》の名前は江口瑠香《えぐちるか》。バカ田《ダ》トリオと同じクラスの女子だ。

「ちぇ、うるせえやつが来た！」

「ふん、紙飛行機だ。文句《もんく》あっか⁉」

「ここはな。オレたちの縄張《なわば》りだ‼　うらやましいか⁉」

ひとりでもうるさい連中が、三人集まると怖《こわ》いものなどない。一対一なら、敵《かな》うはずのない瑠香《るか》にも今は無敵《むてき》だ。

「ばっかばかしい。うらやましいわけないでしょ。というより、んなとこからゴミ、捨《す》てたりしてダメでしょ。怒《おこ》られるよ！」

瑠香《るか》はかまっちゃられないという顔。

「これがゴミに見えるか？　これはな！　紙飛行機なの」

島田《しまだ》が小さな目をクリクリさせて言えば、他のふたりもゲラゲラ笑う。

「そうだそうだ。しかも、テストなんだぜ。げへげへ」

「こいつ、バカじゃゃねえか？　ゴミだとよ。うっひひひ」

あぁ、まったく。

こんな下品なバカたちを相手にするだけ時間の無駄《むだ》だった。

瑠香《るか》はそうも思ったが、ついついかまってしまう。

「ふん！　あんたらのテストなんかゴミ以下よ！」

「なんだとぉ――!?」

「ふざけんなよ！」

「ケンカ売ってんのか？」

……と、そこに短髪《たんぱつ》の男子と大柄《おおがら》の男子、サラサラヘアーの男子三人が通りかかった。

# 2

短髪《たんぱつ》の男子は杉下元《すぎしたげん》。野《や》球帽《きゅうぼう》をかぶり、青いジャンパーに両手をつっこんでいる。

その隣《となり》にいる大柄《おおがら》な男子は大木登《おおきのぼる》。大人《おとな》に見間違《みまちが》えるほど背《せ》も高く横幅《よこはば》もある。ボーダー柄のセーターにジーパン。ぼんやりした顔で、バカ田《ダ》トリオと瑠香《るか》を眺《なが》めながら歩いてきた。

その後ろを歩くのは小林聖二《こばやしせいじ》。クラスで一番頭のいい彼《かれ》はクラス一の美少年でもある。紺色《こんいろ》のPコートにベージュのコーデュロイパンツというスタイルで、縁《ふち》なしの眼鏡《めがね》をかけ、茶色いランドセルをかついだ姿《すがた》はまるでヨーロッパの小学生みたいだ。

彼らはチラッとバカ田《だ》トリオと瑠香《るか》を見て、顔を見合わせた。

特に元《げん》は内心ため息である。

さっきも掃除《そうじ》の時に、彼らはやり合っていた。掃除をサボろうとするバカ田《ダ》トリオが悪いのだが、だからといって、ほうきを大上段《だいじょうだん》に構《かま》え、追いかけ回す瑠香《るか》も瑠香《るか》だ。

そのおかげで、帰る時間が遅《おそ》くなってしまった。

関《かか》わり合いにならないで帰ろうぜ。

心の声でそう言い、元《げん》は大木《おおき》と小林《こばやし》をチラッと見た。

だが、その心の声が届《とど》くより前に、瑠香《るか》がいいところに来た！　と、顔を向けた。

「よかった。ちょっと聞いてよ！　こいつら、ここでテストの答案用紙で紙飛行機作って、飛ばしてたのよ！」

なんだよ、そんなことか。

つい口に出てしまいそうになり、あわてて引っこめた。

そんなことを言ったら、どういうことになるか。確実《かくじつ》に帰る時間があと十五分は遅《おそ》くなるだろう。

小林《こばやし》も大木《おおき》もうんざりした顔で特に何も言わない。

そうだよな、そうだよな。

ここで何を言えと言うんだ⁉

「おい、君たち、そうだよ。江口《えぐち》さんの言う通りだ。こんなところで、その恥《は》ずかしいテストの答案用紙を紙飛行機にして飛ばすなど、環境破壊《かんきょうはかい》もいいところだ！」

んなことを言えと言うのか？

三人が困《こま》っていると、バカ田《ダ》トリオも飽《あ》きてきたのだろう。

「もう帰ろうぜ‼」

「そうだな。ちぇ、今日《きょう》はこの辺にしてやる。帰ろうぜ！」

「ふん、そうだそうだ。オレたちはな、おめえらみたいに暇人《ひまじん》じゃねーんだ！」

三人は口々にそんなようなことを言い、軽そうなランドセルをかつぎ直し、両手を水平にして道路を斜《なな》めに横切って行った。

「ぶううう――――ん‼」

「ひゅ――――んん‼」

「キイ――――ン‼」

どうやら今度は自分たちが飛行機になっているつもりなんだろう。

そのバカっぽさ丸出しの後ろ姿《すがた》を見送り、瑠香《るか》は顔を左右に振《ふ》った。

「あー、ばからし‼　あんなアホたちに貴重《きちょう》な時間をつかっちゃった！」

そうだよ。

いい加減《かげん》にその事実に気づけよ！

元《げん》は再《ふたた》び心の声で言ったが、彼女《かのじょ》に届《とど》くわけもない。

「あーあ、でも、どうしてもああいうのって見逃《みのが》せないのよねー！　ほら、見てよ」

瑠香《るか》が指さす先。

川面《かわも》には不時着した紙飛行機（テストの答案用紙）がプカプカと浮《う》き、ゆっくりと流れていく。

「ま、たしかにあれはないいな」

小林《こばやし》が言うと、瑠香《るか》がうれしそうに目を輝《かがや》かせた。

「でしょう？」

元《げん》もぼんやり紙飛行機を見ていたが、その目を空に向けた。

みぞれでも落っこちてきそうな重たい雲がたれこめ、冷たい風も本格的《ほんかくてき》に吹《ふ》いてきた。

大木《おおき》が大きな体を縮《ちぢ》こまらせ、ジタバタした。

「ううう、寒い寒い。早く帰ろうよぅ。オレ、腹《はら》が減《へ》って死にそうだよぅ」

# 3

翌日《よくじつ》のことだ。

元《げん》は学校から帰り、居間《いま》のソファーに寝《ね》っ転がり、鼻をほじりながら漫画《まんが》を読んでいた。

今日《きょう》も算数のテストがあった。

最近、テストが多い気がする。

元《げん》たちの通う銀杏《いちょう》が丘第一《おかだいいち》小学校は典型的な公立の小学校。特に勉強に厳《きび》しい学校というわけでもない。

担任《たんにん》のプー先生（本当は小日向徹《こひなたとおる》という名前だけど、体格《たいかく》からか、よくおならをする理由からか、そういうあだ名で呼《よ》ばれている）も、テストテスト！　というタイプではない。

きっとたまたま……なんだろうが、疲《つか》れることは疲れる。

でも、ようやく明日《あした》は土曜日で休みだし、宿題もない。

こんな午後、ひとりでソファーに寝《ね》っ転がり、漫画《まんが》を読みつつ、ジュースを飲む。ポテチを食べる。

そうそう。それにこの漫画は大木《おおき》から借りたばかりの新刊《しんかん》！

元《げん》にとっては、まさに至福《しふく》の時なのである。

なのに、

「ちょっとぉ、元《げん》！　お使い行ってきて！」

母親の春江《はるえ》の大声が飛んできた。

元《げん》は大急ぎで漫画《まんが》を顔の上に伏《ふ》せ、寝《ね》たふりをした。

せっかくの午後のひとときをじゃまなんかされたくない。

だが、そんな言い分が春江《はるえ》に通用するはずもなく、

「ほら！　寝《ね》たふりなんかしてんじゃないわよ。ママ、忙《いそが》しいんだから、これ、商店街のヤオナガに返してきてくれる？」

乱暴《らんぼう》に顔から漫画《まんが》を引っぺがされてしまった。

代わりに目の前に突《つ》きだされたのは、白いスーパー袋《ぶくろ》だった。

「ううぅぅ……」

うらめしげにうなりながら、嫌々《いやいや》目を開く。

無駄《むだ》な抵抗《ていこう》だと知りつつ、

「なんでオレなんだよぉぉ。亜紀《あき》は??」

亜紀《あき》というのは妹だ。同じ小学校に通う二年生である。

「亜紀《あき》は友美《ゆみ》ちゃんちに遊びに行っちゃったのよ」

「オ、オレだってこれから行くもんね。大木《おおき》んちに宿題しに行くんだ！」

あわてて言うと、春江《はるえ》は半目にして、元《げん》を見下ろした。

「見え透《す》いた嘘《うそ》つくんじゃないわよ。プー先生が週末にはめったに宿題出さないことくらい知ってるのよ！」

そう。それは事実だ。

しかし、いったんついた嘘《うそ》はつき通さなければならない。

元《げん》は口をタコのようにとがらせた。

「あ、あ、あ、違《ちが》うもんね。プー先生の宿題だっていつ言いました？　誰《だれ》が？　いつ？　何時何分何秒に？」

この台詞《せりふ》はこの前テレビでやってた受け売りで、最近学校で流行《はや》っている。

だが、こんな口答えほど、相手をいらつかせるものはない。

「あんたねぇ！　じゃあ、いったい何の宿題だって言うのよ」

「えーっと……そ、そうそう！　音楽」

「音楽ぅぅ？　音楽の何の宿題よ」

「笛！　そう、リコーダー。あれの練習しなきゃ」

あまりにもヘタすぎる嘘《うそ》に、春江《はるえ》は怒《いか》りを通り越《こ》して情《なさ》けなさを感じていた。

「まったく。大木《おおき》くんちにわざわざ行って、リコーダーの練習するわけ？」

「そうそう！」

「あんたがそんなことするわけないでしょ。嘘《うそ》は泥棒《どろぼう》の始まりって言ってね。そういうくっだらない嘘ついてる暇《ひま》があったら、さっさとお使いに行きなさい！　まったく、往《おう》生際《じょうぎわ》が悪いんだから」

元《げん》はなおも嘘をつき通そうかと思ったが、これ以上言うと、春江《はるえ》の剣幕《けんまく》が本気モードに入りそうな予感がしたので、しかたなくのろのろと起き上がった。

そのようすを見て、春江《はるえ》は片手《かたて》を腰《こし》に置いて言った。

「無駄《むだ》な抵抗《ていこう》してないで、とっとと言うこと聞けばいいのよ！」

銀杏《いちょう》が丘銀座《おかぎんざ》、通称《つうしょう》ギンギン商店街。そこにあるヤオナガという地域密着型《ちいきみっちゃくがた》の八百屋兼《やおやけん》スーパー。そこで昨日《きのう》買ったリンゴが包丁で切ってみると、全部傷《いた》んでいたんだそうで。

「たしかにね。リンゴなんて切ってみなきゃわからないけど、それにしても二度目だもの。あったま来ちゃう。ヤオナガのおじさんにはちゃんと電話で話してあるからね。これ持っていけば、新しいリンゴと取り替《か》えてくれるから。いい？　おじさんに言うのよ。

ほかの……ほら、レジにいる茶髪《ちゃぱつ》の若《わか》い子。あの子じゃダメよ。話、通じないんだから」

母親というのは、どうしてこうもペラペラ口が回るのだろう。

いや、瑠香《るか》だってそうだ。

元《げん》なんか口で勝てた試《ため》しがない。

たしかに「無駄《むだ》な抵抗《ていこう》」だったなぁと、元《げん》はため息をついた。

あぁ、それにしても……。

テストからも解放《かいほう》され、宿題もない週末。ごろんと横になって読む借りたばかりの漫《まん》画《が》、ポテチとジュース。

あの至《し》福《ふく》の時間に比《くら》べ、腐《くさ》ったリンゴを交換《こうかん》に行くというのは、なんとがっかりな用事なんだろう。

4

自転車を走らせ、ギンギン商店街へ。

商店街もすっかりクリスマスムードである。

桜《さくら》の季節にはピンクの桜の飾《かざ》り、七夕《たなばた》には笹飾《ささかざ》り、秋祭りには提灯《ちょうちん》……などなど。この商店街はいつも律儀《りちぎ》に季節感あふれる飾り付けをする。

十二月になれば当然クリスマスだ。

駅前あたりでは、十一月の半ばからクリスマスの飾りを始めていたが、ギンギン商店街の実行委員会はこだわりがあるらしく、毎年きっちり十二月一日からクリスマスの飾り付けをする。

飾り付けだけでなく、ジングルベルの歌が流れていた。

しかし、仏壇《ぶつだん》仏具のお店や畳屋《たたみや》にもクリスマスの飾りがあって、クリスマスソングを流しているというのはいかがなものか。元《げん》の父、英助《えいすけ》はよくそう言う。

たしかにそうだなぁと思いつつ、元《げん》は買い物客の間を自転車で器用にすり抜《ぬ》けていった。

ヤオナガは、商店街のほぼ真ん中あたりにある。

昔から続く八百屋《やおや》で、正式には「八百長」と書くが、それでは「やおちょう」と読めてしまうので、「ヤオナガ」とカタカナにしている。

ヤオナガの並《なら》びにあるレンガ軒《けん》という洋食屋は、店名の通り、レンガ造《づく》りのレトロな店である。ここのハンバーグやオムライスはテレビでも何度も取り上げられるほど有名なのだ。

しかし、もうひとつ有名なのは、夏は七夕《たなばた》の大きな笹《ささ》、そして十二月は大きなクリスマスツリーを飾《かざ》ることである。

今年《ことし》も例外ではなく、見上げるほどの大きなツリーが飾られていた。

色とりどりの電飾《でんしょく》がピカピカ光っていて、テッペンには大きな星が取りつけてあった。

そのツリーの脇《わき》に、買い物客のじゃまにならないよう注意深く自転車を停《と》めた。

元《げん》の家でも、きっともうすぐツリーを出すだろう。

パッと開く傘《かさ》のようになったインスタントのツリーだが、年々だんだんと増《ふ》えていく飾《かざ》りを付ければ、それはそれなりにいい感じである。

しかし、もう年末かぁ。

早いもんだなぁ……。

レンガ軒《けん》のツリーを見上げ、しばらくぼんやりした後、本来の用件《ようけん》を思い出した。


ちぇ、何が悲しゅうて、こんなクリスマスソングのなか、腐《くさ》ったリンゴを交換《こうかん》しに行かなくっちゃならないんだよ！

何度言ったかわからない文句《もんく》をブックサ口のなかで言いながら、ヤオナガに入る。

店先には大きなカボチャやトマト、ブロッコリー、ネギなどが所狭《ところせま》しと並《なら》んでいた。

コートやダウンジャケットで着ぶくれした買い物客でゴッタ返した店内。

ヤオナガの主人、長井《ながい》はすぐに見つかった。

「さあ、安いよ安いよ！　奥《おく》さん、鍋《なべ》にしない？　ほら、いい白菜《はくさい》だろ？　椎茸《しいたけ》もいいの入ってるよ！」

と、一際《ひときわ》大きな声でがなっていたからだ。

いや、大きい声というより、彼《かれ》の声はよく通る。

「あ、あの……」

小声で言ってみる。

だが、長井《ながい》は接客《せっきゃく》に忙《いそが》しいのと、自分の声で元《げん》の声なんか聞こえやしないらしい。

「あのおぉ‼」

ちょっと大きな声で言ってみる。

すると、ヒョイと振《ふ》り返った。

「おお！　坊主《ぼうず》。どした？　お使いかい？　感心だねぇ」

以前、ひったくり犯《はん》の事件《じけん》があった時、顔見知りになったが、名前で呼《よ》ばれることはない。

「え？　えと、そうじゃなくて……いや、お使いはお使いなんだけど……あの、これ」

元《げん》は説明するより、実物を見せたほうが早いと思い、手に持った白い袋《ふくろ》を長井《ながい》の前に差しだした。

このやりとりを春江《はるえ》が聞いていたら、大げさにため息をついただろう。

「まーったく！　どうしてちゃんと話せないかねぇ？　何年生になったのよ！」

頭に浮《う》かんだ母親の顔をパパッと空想の消しゴムで消す。

「んん？」

長井《ながい》は困《こま》った顔の元《げん》と彼《かれ》が持っている袋とを見比《みくら》べ、「あっ！」と目を丸くした。

「ああ、リンゴね!?　はいはい。電話で聞いたんだ。ごめんごめん。わざわざ持ってきてくれたんだ？」

「…………」

あぁ、それにしても恥《は》ずかしいよな……。

長井《ながい》の声はものすごくよく通るし、レジにいた茶髪《ちゃぱつ》の女（たぶん、春江《はるえ》が言っていた話の通じない若《わか》い女だ）が、白い顔をこっちに向けて、薄《うす》ら笑いを浮かべている。

はぁぁ。

こんなところを同級生に見られなければいいけど。あと、同級生の母親とかに。

特に口うるさい瑠香《るか》には会いたくない。

なんて、そんなことを考えると、会っちゃったりするんだな、これが。

## 5

無事、リンゴを交換《こうかん》し、店の外まで脱出《だっしゅつ》した時。

自転車のあたり……つまり大きなクリスマスツリーの下に瑠香《るか》と茜崎夢羽《あかねざきむう》がいたのだ。

夢羽《むう》も同じクラスである。

数々の難事件《なんじけん》を解決《かいけつ》してきた天才探偵《たんてい》でもあるのだが……。

ツリーの横にいると、瑠香《るか》はともかく、夢羽《むう》はまるで天使のように見える。

ボサボサの長い髪《かみ》を無造作《むぞうさ》にたらし、黒いダウンジャケットを羽織《はお》り、黒いジーンズにグレーのニットという飾《かざ》り気《け》のない格好《かっこう》だというのに。

たぶん、肌《はだ》の色が抜《ぬ》けるように白いせいだろう。

大きくて濡《ぬ》れたような目にツリーの電飾《でんしょく》が映《うつ》って、ピカピカ輝《かがや》いているようだ。

「ちょっと！　元《げん》くん！　何、ボサ――っとしてるのよ」

現実《げんじつ》に引きもどしたのは瑠香《るか》の声だ。

「あ、ああ……いや、別に。なんでここにいるんだ？」

口をとがらせ、聞くと、瑠香《るか》は元《げん》の手に持ったスーパーの袋《ふくろ》を見て、

「へぇー！　えらいじゃない。お使い？」

「ま、まぁ……な」

長井《ながい》はわざわざすまなかったねと、交換《こうかん》するリンゴは五個《こ》だけだったのに、その倍の十個も持たせてくれたのだ。

元《げん》はあわてて背中《せなか》のリュックにリンゴを入れた。

薄《うす》いリュックの生地がボコボコとリンゴの形にゆがむ。

そのようすを見ていた瑠香《るか》が説明を始めた。

「あのね。わたしたちもお使いなの。塔子《とうこ》さんの！　ま、正確《せいかく》にいうと、夢羽《むう》のお使いをわたしも手伝《てつだ》ってるってだけなんだけどさ」

「あぁ……」

塔子《とうこ》というのは、夢羽《むう》の叔母《おば》さん。スウェーデン人とのハーフで、外見もしゃべり方も特徴《とくちょう》がある。

元《げん》と瑠香《るか》が話している間、夢羽《むう》はずっとクリスマスツリーを見つめていた。

別にツリーくらい珍《めずら》しくないだろうに……。

元《げん》がそう思って夢羽《むう》を見ていると、彼女《かのじょ》はその視線《しせん》に気づいたんだろう。色白の顔をクルッと向けた。


どきっ‼

どきどきっっ‼


いつまでたっても慣《な》れるってことがない。

瑠香《るか》もけっこうかわいいほうだとは思うが、夢羽《むう》とはレベルが違《ちが》いすぎる。

なんというか、夢羽《むう》は別世界から迷《まよ》いこんだ……どう考えても、やっぱり天使だ‼

黒々とした長いマツゲは自然にくるんとなっていて、人形のようだし、小さめの唇《くちびる》はバラ色だし。

# 6

夢羽《むう》は元《げん》のドキドキなどまったく気づかないようすで、ツリーを指さした。

「これ、七夕《たなばた》の時のやつだろう？」

「んん？」

「なになに？」

元《げん》と瑠香《るか》は思わず顔を寄《よ》せ、夢羽《むう》の指さす先を見た。

それこそ、ほっぺとほっぺがくっつくくらいの距離《きょり》で。ふたりは大げさに叫《さけ》び合った。

「げ！　近いよ、元《げん》くん‼」

「うげ、なんだよ。おまえこそ‼」

「うげって何よ、うげって！」

「ちぇ、『うげ』だから『うげ』って言ったんだ！　『うげげ』でもいいぜ」

「くっだらない‼」

実は瑠香《るか》と元《げん》は、保育園《ほいくえん》時代からの幼《おさな》なじみ。共におむつをしていた頃《ころ》からのつきあいだから、遠慮《えんりょ》も容赦《ようしゃ》もまったく存在《そんざい》しない。

そんなふたりを夢羽《むう》はニコニコしながら見ている。

元《げん》も瑠香《るか》も少し恥《は》ずかしくなった。

気を取り直して、もう一度夢羽《むう》の指さす先を見る。

「ほんとだ」

「短冊《たんざく》だねぇ」

ふたりは目の前の長い紙を見て首をかしげた。

それは何かの紙を短冊の大きさにしたもの。ヒモでツリーに結んであった。

「70てん、とれますように　一」

　たったのこれだけである。

「ひどい字だなぁ」

　元《げん》が苦笑いすると、瑠香《るか》もにやにや笑った。

「全部ひらがなだもん。一年生かな？　かわいいね。それに、これ、この前配られたプリントだ。きっと第一小の子だね」

「そっか、最後の『一』は一年生の『一』かな」

「うーん、書き損《そん》じじゃないの？」

　夢羽《むう》は目を細めて、短冊《たんざく》を見て言った。

「なぜクリスマスなのに短冊をかけたんだろう……？」

「そうだよねぇ」

「うーん……小さい子だったら、クリスマスと七夕《たなばた》の区別がつかないんじゃないか？　だから、願い事を書いたんだよ」

元《げん》が言うと、瑠香《るか》の目が輝《かがや》いた。

「あ！　そうそう。きっとそうだよ。ここの七夕《たなばた》の笹《ささ》はね。願いが叶《かな》うって有名なんだよ。すごくむずかしい大学に合格できた人もいるし、手術《しゅじゅつ》も成功したとか、結婚《けっこん》したいって書いたらその年に結婚できたとか。だからさ。きっと小学一年生くらいの子だったら、七夕とクリスマスの違《ちが》いなんてわかんないから、ここに吊《つ》るしておいたんじゃない？」

夢羽《むう》は興味《きょうみ》深くその短冊《たんざく》を見つめたまま言った。
「七夕って、そんなことするんだ？」
「え？　夢羽《むう》んちって七夕、やったことないの？」
「うん」

「へぇ――!!」

これには瑠香《るか》も元《げん》も驚《おどろ》いた。

彼《かれ》らは保育園《ほいくえん》の頃《ころ》から毎年、短冊《たんざく》書かされたり、飾《かざ》り付けを手伝《てつだ》わされたりしてきたからだ。

やっぱり夢羽《むう》はオレら、普通《ふつう》の子とは違《ちが》うんだな。

元《げん》は妙《みょう》なところに、感心した。

「でも、クリスマスツリーは飾《かざ》るんだよね?」

元《げん》がしようとした質問《しつもん》を瑠香《るか》がした。

夢羽《むう》は首をかしげて微笑《ほほえ》んだ。

「さあ……今年《ことし》は塔子《とうこ》さんがいるから、やるかもしれない」

「ふむふむ。あ、そうだ! 早く帰らないと、塔子《とうこ》さん、待ってるかもね」

瑠香《るか》に言われ、夢羽《むう》もうなずいた。

本当はもう少しいっしょにいたかったが、早く帰らなくちゃまた春江《はるえ》にどやされる。

名残惜《なごりお》しかったが、元《げん》はそこでふたりと別れることにし、自転車にまたがった。

だが、そこに見覚えのあるふたりがやってきた。

「あっ‼　峰岸《みねぎし》さんじゃない？」

瑠香《るか》が叫《さけ》んだ。

## 7

夕方の商店街。

買い物客で混雑《こんざつ》する道を背《せ》の高い若《わか》い男性《だんせい》と若い女性がまるでカップルのように歩いてくる。

男性のほうはトレンチコートを着ていて、長めの茶髪《ちゃぱつ》がよく似合《にあ》う。

刑事《けいじ》ドラマに出てくるイケメン刑事そのもの。

峰岸愁斗《みねぎししゅうと》、二十七歳《さい》である。

女性のほうは、内田薫《うちだかおる》、二十三歳。

ふんわりとエアリーな短めの髪《かみ》に切れ長の目。濃紺《のうこん》のコートの下に着ている警官《けいかん》の制《せい》服《ふく》がこれまたよく似合《にあ》っている。

「あー、またいっしょにいる！」

峰岸《みねぎし》の大ファンである瑠香《るか》は、ライバル（？）の内田《うちだ》を見て、頬《ほお》をふくらませた。

彼《かれ》らはすぐ元《げん》たちを発見し、笑顔《えがお》になった。

「おお、久《ひさ》しぶりだな！」

峰岸《みねぎし》はやさしそうな笑顔のまま声をかけてきた。

後ろからついてくる内田《うちだ》もニコニコしている。

「こんにちは！　今日《きょう》はまた何か事件《じけん》ですか？」

瑠香《るか》が聞くと、峰岸《みねぎし》は少し困《こま》った顔になった。

「そうなんだよ。最近、この辺でも『振《ふ》り込《こ》め詐欺《さぎ》』の事件が連続してあってね。ま、幸い大した被害《ひがい》は出てないんだが。その容疑者《ようぎしゃ》の人相書きができたから商店街に貼《は》ってもらいつつ、聞きこみをしているんだ」

「あぁ、知ってる！　『オレオレ詐欺』でしょ⁉　うちのおばあちゃんちにもかかってきたって言ってた」

「え？　ほんとに⁇」

峰岸《みねぎし》の顔が強《こわ》ばった。

しかし、瑠香《るか》は大笑いして手をびゅんびゅん振《ふ》った。

「それが大笑いなんですよー！　だって、うちのパパ、もう四十五なのに『お宅《たく》の息子《むすこ》さんが塾《じゅく》の帰りに交通事故《じこ》に遭《あ》ったんですが……』だって！　塾なんか行ってないってば‼」

これにはみんな苦笑するしかない。

「それでもちゃんと届《とど》けてもらったほうがいいな。いつ頃《ごろ》の話？」

峰岸《みねぎし》に聞かれ、瑠香《るか》は斜《なな》めの方角を見て考えた。

「うーん、いつだったっけ？　たぶん、一

年か二年くらい前だったと思う」

「そっか。それじゃ……もうくわしいことはわからないかな。ま、とにかくだね。最近、この地区の老人が狙《ねら》われてるらしいんだ。すでに二件《けん》、実際《じっさい》の被害《ひがい》に遭《あ》った人がいるからね。おうちの方々にもくれぐれも注意するように言っておいてくれ」

「はーい！」

瑠香《るか》は元気よく返事をした。


「で、人相書きというのはどれですか？」

夢羽《むう》が聞くと、峰岸《みねぎし》は片方《かたほう》の眉《まゆ》を上げた。

そして、彼《かれ》の代わりに内田《うちだ》が透明《とうめい》のファイルから紙を取りだして見せた。

「これなのよ。けっこう年配みたいなんだよね」

A４の紙に印刷された顔は、たしかに白髪《しらが》頭の男で少なくとも六十歳《さい》以上に見えた。

しわも多く、目はたれている。

四角い顔でがっちりしたあご、黒縁《くろぶち》の眼鏡《めがね》をかけ、白いひげもある。

鼻の頭にホクロがあるのが特徴《とくちょう》的だ。

夢羽《むう》はシステム手帳を取りだし、パシャッと写真を撮《と》った。このシステム手帳は彼女《かのじょ》自身が考案して作ったものらしく、サイズはコンパクトだが、さまざまな機能《きのう》を兼《か》ね備《そな》えた優《すぐ》れものである。デジカメの機能もあるらしい。

「この人相書きの元になった情報《じょうほう》はなんですか？『振《ふ》り込《こ》め詐欺《さぎ》』の場合、普通《ふつう》は電話だけで、顔は出しませんよね？」

夢羽《むう》の質問《しつもん》に峰岸《みねぎし》が厳《きび》しい顔で答えた。

「うん。実は……これ、厳密《げんみつ》にいうと『振り込め詐欺』ではないんだ。お宅《たく》の息子《むすこ》が事故《じこ》に遭《あ》っただとか、電車で痴漢《ちかん》をして駅員に捕《つか》まってるとか、お孫さんが行方《ゆくえ》不明だとか、厄介《やっかい》な事件《じけん》に巻《ま》きこまれてるとか。

そういう偽《にせ》の情報《じょうほう》で脅《おど》かして、金を受け取ろうとする手口はいっしょだが、今は銀行も厳《きび》しくなってきてね」

「あ、知ってる!! 銀行で振《ふ》り込《こ》む時、ケータイかけながらだと注意されちゃうんでしょ? うちのママが言ってた」

瑠香《るか》が言うと、峰岸《みねぎし》はウンウンとうなずいた。

「そう。よくケータイで指示《しじ》をするパターンが多いからね。その防止策《ぼうしさく》なんだけど」

「それに、最近は振り込む時に『振り込め詐欺《さぎ》ではありませんか?』って確認《かくにん》のメッセージも出るようになったのよね」

と、内田《うちだ》。

彼女《かのじょ》は警官《けいかん》の服の上から羽織《はお》った濃紺《のうこん》のコートのポケットに手をつっこんだまま話した。

峰岸《みねぎし》は説明を続けた。

「ま、だからね。最近は直接《ちょくせつ》金を取りに来るパターンやゆうパックで送らせるパターンや……いろいろと新しい手口が出てきたんだ」

「敵《てき》もいろいろ考えてるってわけですね？」

瑠香《るか》の言い方が妙《みょう》に大人《おとな》びていたので、峰岸《みねぎし》は苦笑した。

だが、すぐ真顔になって大きくため息をついた。

「いや、ほんとにね……いたちごっこみたいでさ。困《こま》ったもんだよ。お年寄《としよ》りが狙《ねら》われるケースが多いからね。講習会《こうしゅうかい》なんかも開いて注意をうながしているんだが……どうしても、かわいい孫が困ってるとかって話を聞くと、気が動転してしまうらしいんだ」

「講習会ですか？」

瑠香《るか》が聞くと、内田《うちだ》が横から口をはさんだ。

「そうそう！　でもね。峰岸《みねぎし》さんが素敵《すてき》なもんだから、おばあちゃんたち、ポーッとしちゃって。ぜんぜん話を聞いてないの。『じゃあ、五十万明日《あした》までに振《ふ》り込《こ》んでください』って言うと、『はーい♥』ってね」

クスクス笑う内田《うちだ》を瑠香《るか》は横目でにらんだが、たしかにそうだろうなぁと思った。

……と、そこまで話して、峰岸《みねぎし》はハッと何かに気づいた顔になり、夢羽《むう》を見た。

夢羽《むう》は背《せ》の高い峰岸《みねぎし》を見上げた。

「あ！　ごめんごめん。そうだ。すっかり話が脱線《だっせん》しちゃったね。そうそう、この人相書きの情報《じょうほう》だけどね。この近所に住むおばあちゃんが振《ふ》り込《こ》め詐欺《さぎ》に遭《あ》ってしまったんだよ。それも、十二月一日に。で、その犯人《はんにん》、このおばあちゃんちまで金を取りに来たんだ」

「なるほど。で、そのおばあちゃんから聞いた人相書きというわけですね？」

「そうそう。ま、犯人も相手が老人だから油断《ゆだん》したんだろうね。だけど、そのおばあちゃん、けっこう記憶力《きおくりょく》がよくてね。ホクロのことまでしっかり覚えていたよ。とはいえ、そいつが主犯かどうかはわからない。ただ金を受け取るだけで雇《やと》われた人間かもしれない」

「何時頃《なんじごろ》の話なんですか？」

「夕方だよ。ま、その辺も狙《ねら》ってたんだろうな。夕食の買い物などで人がごった返す頃で、まだ家の人たちはもどっていないような時分を……」

その話をジッと聞いていた夢羽《むう》はもう一度人相書きを見ると、ぽつりと言った。

「人の弱みにつけこむなんて許《ゆる》せないな……」

元《げん》はそれまでずっと黙《だま》ってみんなの話を聞いていたが、夢羽《むう》のその一言にハッとした。

本当にそうだ。

かわいい孫や子供《こども》が窮地《きゅうち》に立っていると思えば、気も動転してしまうのは当たり前だ。

たしかに、よくよく考えてみればおかしなことかもしれないけど、人というのは気が動転してしまうと、正常《せいじょう》な判断《はんだん》というのはなかなかできないものなんだろう。

元《げん》だってそういうことはよくある。

そして、なんとその事件《じけん》、自分の身にも降《ふ》りかかってきたのである！

## ★振《ふ》り込《こ》め詐欺《さぎ》

1

峰岸《みねぎし》たちの話を聞いていた元《げん》たちだったが、ヤオナガの店主、長井《ながい》が眉毛《まゆげ》を極端《きょくたん》に上下させながら店の外に出てきた。

そして、目をぎりぎりまで見開き、おっかない顔で道の左右を見渡《みわた》し、元《げん》を発見するや否《いな》や、

「お、おおおお！　坊主《ぼうず》。こんなところにいたのか。おまえ、何、グズグズしてんだ⁉」

と、ものすごく通る声で怒鳴《どな》った。

「え？　ええええ⁉」

いきなり怒鳴りつけられたものだから、元《げん》は後ずさりし、自分の自転車にけつまずいた。

ガラガッッシャ――――ン‼
ガラガラ、ドタッ！

そのあげく派手《はで》な音をたて、自転車と共に倒《たお》れてしまったから、かっこ悪いのなんの。

しかも、しかも。

背中《せなか》のリュックのふたをしっかりしておかなかったため、なかからリンゴが盛大《せいだい》に転がり出てしまった。

「だ、だいじょうぶ？」

内田《うちだ》があわてて助け起こしてくれた。

「あ、あ、す、すみません……」

四方八方に散らばったリンゴのようにまっ赤《か》になった元《げん》。

リンゴを夢羽《むう》や瑠香《るか》が拾い、ようやく立ち上がった元《げん》のリュックに入れてくれる。

ううう、最悪だぁぁ。

ほとんど泣きたいくらいだ。

いや、ここに誰《だれ》もいなかったら、間違《まちが》いなく泣いている。

さんざんな有様の元《げん》を見て、少し落ち着いたんだろう。長井《ながい》が悪いことをしたという顔になった。

「おお、すまないな。でもな、坊主《ぼうず》。おまえんちの母《かあ》さんがものすごい勢《いきお》いで電話かけてきてなぁ。びっくりしたのなんの」

「どうかしたんですか？」

と、聞いたのは元《げん》ではなく、瑠香《るか》だ。

長井《ながい》は長いあごをなでまわした。

「坊主を誘拐《ゆうかい》したっていう電話がかかってきたそうだぜ？　だから、『うちの元《げん》はいますか?』って、すごい勢《いきお》いだったんだ。で、オレが『いや、もう帰りましたよ』って言ったら、『それは何分前ですか?』って……いやはや、耳がおかしくなるかと思ったぜ」

誘拐《ゆうかい》?

なんだそれ。

元《げん》たちがポケランとした顔をしている横で、峰岸《みねぎし》の表情《ひょうじょう》が変わった。

「元《げん》くん! 元《げん》くんの家の電話番号は?」

「え??」

元《げん》が聞き返すと、瑠香《るか》の隣《となり》にいた夢羽《むう》が言った。

「元《げん》の家に、今、話題の振《ふ》り込《こ》め詐欺《さぎ》から電話があったんだよ。元《げん》を誘拐したって」

夢羽《むう》の言葉を聞いても、すぐにはピンと来ない。

そりゃそうだ。

だって、自分はここにいるんだから。

だから、ついつい言ってしまった。

「だ、だって、オレ、ここにいるじゃん……」

すると、瑠香《るか》が目を引きつらせた。

「ばっかじゃないの⁉　だーかーらー、『振《ふ》り込《こ》め詐欺《さぎ》』なんだよ‼」

この強烈《きょうれつ》な一言で、ようやく事情《じじょう》がわかった。

瑠香《るか》は瑠香《るか》で、ガタガタ震《ふる》えている。

きついことを言っておきながら、本当は怖《こわ》いんだろう。

## 2

「それより瑠香《るか》ちゃんのケータイに元《げん》くんの家、入ってるよね？」

峰岸《みねぎし》に聞かれ、瑠香《るか》は自分のポシェットからあわててケータイを取りだした。

もちろん、峰岸《みねぎし》は瑠香《るか》のケータイに元《げん》の家の電話番号が登録されているかと尋《たず》ねたのだ。

「はい！　これ‼　『ともだち2』のほうに入ってます‼」

どうやら瑠香《るか》のケータイは、登録する人を項目《こうもく》で分けているらしい。

「ありがとう」

瑠香《るか》にケータイを借りる峰岸《みねぎし》を見て、元《げん》は少々首をかしげざるをえなかった。

『ともだち2』って、何なんだろう……？

『ともだち2』のほうに入ってるって……？

クエスチョンマークがたくさん飛び交っている元《げん》にも聞こえるほど春江《はるえ》の声は大きかった。

「もしもし！！！」

「あ、もしもし、杉下《すぎした》さんのお宅《たく》ですか？」

「はい、そうですよ！　あ、あんた、さっきの……ヤツの手下？」

「え？」

「そうでしょう！　ねえ‼　げ、げ、元《げん》を早く帰してください！　ね？　お願いします。なぜうちなんて狙《ねら》うんです？　うちなんてしがないサラリーマンで……もっと他《ほか》にいるでしょう？　お金持ちは。そうだ‼　それより、元《げん》は無事なんですか？　元《げん》の声！　元《げん》の声を聞かせてください。元《げん》！　元《げん》‼　元《げん》⁉」

峰岸《みねぎし》の耳が壊《こわ》れるほどの声で、ガンガン言う春江《はるえ》の声はみんなにも聞こえた。

元《げん》は恥《は》ずかしくなって、思わずケータイに飛びついた。

「あのさぁ！　オレ、ちゃんといるから。そんなにでかい声出すなよ‼」

しかし、次の瞬間《しゅんかん》。

元《げん》はケータイを離《はな》し、片目《かため》をギューッと閉《と》じた。

春江《はるえ》が悲鳴のような声をあげたからだ。

「元《げん》⁉　あんたどこにいるの？　無事なのね？　元《げん》‼　なんとか言いなさい‼」

「あぁ、だいじょうぶだって」

「だから、どこにいるのよ。あ、わからない？　車とかで連れて行かれたの？」

悲鳴のような声の春江《はるえ》に元《げん》が答えた。

「あのねぇ。オレ、別に誘拐《ゆうかい》とかされてないから。ヤオナガの外にいるだけだし」

「…………⁇　だだ、だって、さっきの男は？」

「ああ、あれはね。峰岸刑事《みねぎしけいじ》。ほら……」

「え‼⁇　あのイケメン刑事⁇」

「あ、ああ、そうそう」

「じゃ、もう犯人《はんにん》は捕《つか》まったのね？　はぁぁぁ、よかったぁぁぁぁ……」

春江《はるえ》は安心して気がゆるんだんだろう。涙声《なみだごえ》になっている。

「あのさ、違《ちが》うって。そもそも誘拐《ゆうかい》なんてされてないんだってば。母《かあ》さん、人の話、聞いてる？」

「誘拐《ゆうかい》されてない？　だ、だって、さっき電話がかかってきたんだから……」

と、その時、元《げん》の手から峰岸《みねぎし》がケータイを取った。

そして、何が何やらわからない春江《はるえ》に説明をした。

さっきの電話が「振《ふ》り込《こ》め詐欺《さぎ》」であるらしいこと。元《げん》はちゃんと無事でいることなどを。

ようやく落ち着きを取りもどした春江《はるえ》は、

「い、いやだ！　あれが噂《うわさ》の『振り込め詐欺』なんですか⁇　いやぁー！」

と、盛《さか》んに「いやだ！」「いやー！」「いやだわ！」を繰《く》り返した。

ついこの前も「また銀行で『振り込め詐欺』じゃないですね？　って確認《かくにん》されたわよ。やんなっちゃう。あんなの、変だってわからないほうがおかしいわよ」と話していたばかりだ。

春江《はるえ》の持論《じろん》でいけば、学校出たてのお嬢《じょう》さんから奥《おく》さんになったような、お勤《つと》め経験《けいけん》ゼロのような人は世間を知らないし、甘《あま》いから、そういう詐欺《さぎ》に引っかかるんだということだった。でも、その自分がコロッとだまされたのだから形無しである。

何にせよ、大事にならず良かった良かったということになり、事情《じじょう》聴取《ちょうしゅ》と今後の対《たい》策《さく》について話すため、峰岸《みねぎし》と内田《うちだ》が元《げん》の家に行くこととなった。

当然のように、瑠香《るか》もついてくる。

夢羽《むう》はそのつきあいという感じだ。

みんなでゾロゾロと元《げん》の家に向かっている時、瑠香《るか》が道の先を指さした。

「あ、あれ、山田《やまだ》じゃない？」

「ん？」

たしかに眉《まゆ》の上で短く切りそろえた特徴《とくちょう》のある髪型《かみがた》といい、体型といい、山田《やまだ》だ。

でも、彼《かれ》は実に彼らしくない場所へと入っていった。

## 3

「銀杏《いちょう》が丘合格《おかごうかく》超《ちょう》進学塾《じゅく》」

塾《じゅく》は小さなビルの二階にあるらしい。

二階の窓《まど》ガラスにデカデカと「銀杏《いちょう》が丘《おか》合格《ごうかく》超《ちょう》進学塾」と書かれていた。

窓の下には大きな時計《とけい》がかかっていて、ちょうど四時を指していた。

リンゴーンリンゴーン！

鐘《かね》の音が鳴り、山田《やまだ》のような小学生たちがゾロゾロと入っていく。

彼《かれ》のように浮《う》かない顔をしている子供《こども》もいれば、友達《ともだち》とふざけあいながら、まるで遊びに来たような顔をしているのもいる。

ただみんなに共通して言えるのは、全員同じリュックを持っていたこと。

青い色のビニール製《せい》のリュックで、やっぱりその背《せ》にも黄色い字で「銀杏《いちょう》が丘《おか》合格超進学塾」と書いてあった。

「へぇー！　山田《やまだ》って塾《じゅく》なんか通ってたんだぁ？」

瑠香《るか》が驚《おどろ》きの声をあげた。

元《げん》もびっくりした。

いつもバカ田《ダ》トリオでバカばっかりやってる彼《かれ》からは想像《そうぞう》ができない。

しかし、ちゃんと塾専用《せんよう》のリュックを背負《せお》っているし、あの顔はどう見ても山田《やまだ》だ。

とはいっても、今はそれどころではない。

峰岸《みねぎし》や内田《うちだ》もいるし、一刻《いっこく》も早く家に帰り、春江《はるえ》を安心させなくてはならない。

ふだんの瑠香《るか》なら山田《やまだ》に声をかけるところだろうが、今は見逃《みのが》してやることにしたようだった。


家に帰ると、なんと家の前で春江《はるえ》がやきもきしながら待っていた。

腕組《うでぐ》みをし、ジッと元《げん》たちがやってくる方向をにらみつけていたが、元《げん》の姿《すがた》を見つけるや否《いな》や、つっかけばきのままタッタッタッと走ってきた。

そして、「元《げん》‼」と叫《さけ》び、自転車を押《お》している元《げん》をそのままギュッと抱《だ》きしめた。

これにはまたまたびっくりしたし、かなり恥《は》ずかしかった。

みんなの手前、これはない。

思わず、ドンと押《お》し返したが、その時の春江《はるえ》の顔を見てギョッとした。

目がまっ赤《か》だったからだ。

「か、母《かあ》さん……」

元《げん》がしどろもどろになっていると、春江《はるえ》はグスッと鼻をすすりあげた。

「んもう！　心配したんだからね‼」

「ご、ごめん……」

元《げん》が謝《あやま》る必要はないのだろうが、ここはそう言うしかない雰囲気《ふんいき》だ。

みんな「よかったね」という顔でこっちを見ている。

道のまんなかだし、事情《じじょう》を知らない人たちは何事だろうという感じでこっちをチラチラ見ているし、猛烈《もうれつ》に恥ずかしいのだが、その反面、胸《むね》がぐわわっと熱くなった。

や、やばい。

オレも泣きそうだ。

ここで泣いたら、瑠香《るか》にまた一生言われる。

将来《しょうらい》高校生になろうが大学生に運良くなろうが、どこかに就職《しゅうしょく》しようが、結婚《けっこん》しようが、子供《こども》ができたりしても、とにかくずっと言われる。

お化《ば》け屋敷《やしき》で泣いた話だっていまだに言われてるんだから！

だから、元《げん》はグッとお腹《なか》に力を入れ、踏《ふ》みとどまった。

「それで、また電話はありましたか？」

峰岸《みねぎし》に聞かれ、春江《はるえ》は首を左右に振《ふ》った。

「いいえ！　今度かかってきたら、もうね。こてんぱんにやっつけてやります‼　二度とこんな馬鹿《ばか》なことしないように」

峰岸《みねぎし》はあわてて手を振《ふ》った。

「いえ、それはしないでください。……絶対《ぜったい》に無理はしないでください」

「いやいや、それじゃわたしの気がすまないですよ！　何か手助けできないですか？　なんでもします。なんでも言ってください!!」

勢《いきお》いこんで言う春江《はるえ》に、峰岸《みねぎし》は困《こま》ったような顔で笑った。

「まぁ、とにかくここで話すのもなんですから……少し、おじゃまさせていただいていいですか？」

「はいはい!!」


というわけで、ゾロゾロとみんなで元《げん》の家へ。

居間《いま》よりダイニングテーブルのほうが話しやすいからということで、ずらりと並《なら》んだ。

テキパキと春江《はるえ》が麦茶をみんなに配る。

元《げん》の家では夏だけでなく、年がら年中麦茶があるのだ。

「ごめんなさいね。あったかいお茶のほうがよかったですかね？」

という春江《はるえ》に峰岸《みねぎし》は「いえいえ、おかまいなく。ぼくらもそんなに時間がないんで……」とていねいに断《ことわ》った。

そして、彼《かれ》は春江《はるえ》に座《すわ》ってもらい、本題に入った。

「実はですね……最近、こういうケースの場合、うまく民間の方に囮《おとり》になってもらったりしてるんですよ」

「囮？　いいですよ‼　わたし、なんでもやりますからね」

妙《みょう》に張《は》り切っている春江《はるえ》を峰岸《みねぎし》は「まぁまぁ」となだめた。

「電話がかかってきた時、ひっかかったふりをしていただくんですね。で、向こうの要求を聞いて、銀行に振《ふ》り込《こ》むより直接渡《ちょくせつわた》したいと言う」

「あ、そこに峰岸《みねぎし》さんが行くんだ？」

瑠香《るか》が聞くと、彼《かれ》はうなずいた。

「まぁ、ぼくが行くかどうかはわかりません。が、とにかく警察《けいさつ》のものが向かいます。最近、このやり方で犯人《はんにん》を捕《つか》まえたケースもあるんですよ」

「いいじゃないですか！　それ、やりましょう‼」

すっかりやる気モードになっている春江《はるえ》だったが、峰岸《みねぎし》はきっぱり断《ことわ》った。

「いえ、たぶんですね。もう二度とかかってこない気がしますよ」

「え？」

みんなも顔を見合わせた。

峰岸《みねぎし》はニコニコ笑いながら、みんなを見回した。

「だって、今回は事故《じこ》に遭《あ》ったとか、失敗をしたという理由ではなく、誘拐《ゆうかい》をしたと言っています。しかも、元《げん》くんがお使いに行ってしばらくしてから……という絶妙《ぜつみょう》なタイミングでした。つまり……」

と、ここまで話した時、夢羽《むう》がぽつりと言った。

「そうか……。この家を見張《みは》っている……いや、見張っていた誰《だれ》かがいるってわけか」

峰岸《みねぎし》は満足そうにうなずいた。

「彼《かれ》らは最初の脅《おど》しで行動しなかった……つまり、振《ふ》り込《こ》まなかった相手に何度も電話をかけたりはしません。警戒《けいかい》しているだろうし、下手《へた》をすれば今回のように警察に知らせています。元《げん》くんももどってきてますしね。だから、同じ犯人《はんにん》からの電話はないと思うわけです」

「でも、だったら……うまくいかなかったことに腹《はら》を立てて、今度は本当に元《げん》を誘拐《ゆうかい》したりしないかしら⁉　そうよそうよ。元《げん》、しばらく外出禁止《きんし》だからね！」

「えええ⁇」

なんでそういうことになるんだよ！

春江《はるえ》に限《かぎ》らず、母親というのはやることなすこと、極端《きょくたん》に走りがちだ。

でも、峰岸《みねぎし》が笑って言った。

「誘拐《ゆうかい》というのは非常《ひじょう》にリスクを伴《ともな》うものなんです。金の受け渡《わた》しという問題もありますし、ほとんどが成功しません。そのわりに、刑《けい》は非常に重いのです。ですから、『振《ふ》り込《こ》め詐欺《さぎ》』の犯人《はんにん》が本当に誘拐をするとはとても思えませんね」

理路整然とした説明に、春江《はるえ》はようやくホッと胸《むね》をなで下ろした。

やれやれと胸をなで下ろしたのは、元《げん》も同じである。

だいじょうぶだろうとは思っても、やっぱり気味が悪いもんだ。

「ともかく何事もなくてよかったです。まぁ、ないとは思いますが、もし、また変な電

外出禁止!

話があったら、ご一報《いっぽう》ください。最近、この近辺で被害《ひがい》が多発していますので」

峰岸《みねぎし》と内田《うちだ》が帰っていった後、瑠香《るか》と夢羽《むう》も帰っていった。

あとに残された元《げん》に、春江《はるえ》が言った。

「あんた、いつまでリュック、背負《せお》ってるのよ」

「え？　あ、あああ‼」

元《げん》は背中を見て、わめいた。

なんと、ズーッとリンゴ十個《こ》が詰《つ》まったリュックを背負ったまま、椅子《いす》に座《すわ》っていたのだった。

4

「おい、なんだよ！　最近、つきあいわりぃなぁあ‼」

河田《かわだ》の声が教室に響《ひび》きわたった。

見れば、河田《かわだ》と島田《しまだ》にはさまれ、山田《やまだ》が椅子《いす》に座《すわ》ったままま っ赤《か》な顔をしている。

「だ、だって、ほんとに用事があるんだから……」

しどろもどろになっている山田《やまだ》に河田《かわだ》は思いっきり蹴《け》りを入れた。

といっても、山田《やまだ》を蹴ったわけではなく、山田の座っている椅子に、である。

だが、ものすごい勢《いきお》いで蹴っ飛ばしたものだから、山田《やまだ》を乗せたまま椅子《いす》がひっくり返りそうになった。

「きゃあぁぁ‼」

「きゃあああ!」

近くに座って、ぺちゃくちゃしゃべっていた女子たちが悲鳴をあげ、いっせいに河田《かわだ》を非難《ひなん》の目で見た。

「ふん!　もういいぜ。おめえなんかな、仲間でもなんでもねえ‼」

「そうだそうだ。せっかく河田《かわだ》んちでケーキ食べようって言ってるのに、なんだよ!」

島田《しまだ》がすごんで見せると、小猿《こざる》がすごんでいるように見えた。

「だ、だって、用事あんだからしかたないだろ?　ケーキほしいとか言ってないし」

珍《めず》しく山田《やまだ》もふくれっ面《つら》で言い返す。

「なんだよ、その言い方」

「だから、何の用事なんだよ！」

「別になんでもいいだろ！」

「なんだとぉ⁉」

ふだんなら、女子たちも「うるさい！」とか「何やってんの！」とか、平気でつっこめるが、今日《きょう》の河田《かわだ》たちのようすは少し違《ちが》った。

冗談《じょうだん》で笑い飛ばせるような雰囲気《ふんいき》ではない。

要するに、「マジ」なのだ。

こういう時、頼《たよ》りになるのは怖《こわ》いもの知らずの瑠香《るか》だ。

「ちょっとぉ、うるさいなぁ！　なんなの？　静かにしてよ！」

彼女《かのじょ》がそう言うと、怒《いか》りの頂点《ちょうてん》に達していたらしい河田《かわだ》が振《ふ》り返った。

「なんだとっぉぉ⁉　男のケンカに女が入ってくんな！」

この迫力《はくりょく》には、さすがの瑠香《るか》もひるむ……かに見えた。

が、ひるんでる彼女《かのじょ》ではない。そう。こんなことくらいでひるんでいては、瑠香《るか》ではない。

「何よぉぉ⁉　あのねぇ。これから授業《じゅぎょう》始まるの。もうチャイム鳴ったの。聞こえなかった？　アーダコーダ騒《さわ》いでるから、聞こえなかっただろうけど。あ、それより、何？　耳も悪くなった？」

「ぬ、ぬぅあにぃぃぃ⁉」

天敵《てんてき》の瑠香《るか》にここまでバカにされて、河《かわ》田《だ》は頭から湯気を出し、顔もまっ赤《か》になった。

口を真一文字にし、拳《こぶし》を振《ふ》り上げた。

拳はブルブル震えている。

「あっ！」

みんな目をまん丸にして、彼《かれ》を見た。

ケンカの最中だった山田《やまだ》も、河田《かわだ》の後ろに立っている島田《しまだ》も口を「あ」の字にして、ふたりを見ている。

ま、まさか瑠香《るか》を殴《なぐ》るんじゃないだろうな？

元《げん》も大木《おおき》も固まったままふたりを見ていた。

「や、や、やばいぜ」

大木《おおき》が元《げん》の腕《うで》にすがりつく。

「止めたほうがいいんじゃないのか？」

「まさか河田《かわだ》も女に手は出さない……とは思うけど」

「でも、女といっても、相手は江口《えぐち》だよ？」

「そ、そうだなぁ……」

ふたりがウダウダ言ってる間に、瑠香《るか》は河田《かわだ》に負けないくらいまっ赤《か》な顔でにらみ返した。

「何よ。殴るっての？　いいよ、殴ってみなよ！　そしたら、あんたはね、女子を殴った世界一情《なさ》けない男子ってことで、学校中に知れわたるんだからね！　ううん、銀杏《いちょう》が丘《おか》の町中で指さされることになるんだから‼」

もう……。

余計《よけい》なこと、言わなきゃいいのに。

瑠香《るか》っていうのは、どうしてあんなふうにピンポイントつけるんだろうか？

思ったことをすぐうまいこと言える才能《さいのう》のない元《げん》には不思議でたまらない。

「瑠香《るか》ぁ！　やめときなよぉ」

瑠香《るか》の親友、高橋冴子《たかはしさえこ》が恐《おそ》る恐る声をかける。

でも、瑠香《るか》は首を横に振《ふ》った。

「やめるのは河田《かわだ》のほうでしょ？　わたしは何にもしてないもん」

「だ、だけどさぁ……」

「さあ、さあ、殴《なぐ》るの？　殴らないの？」

瑠香《るか》は長身の河田《かわだ》をまっすぐ見上げた。

「ぬうぅうぅう……！」

振り上げた拳《こぶし》を下ろすタイミング、完璧《かんぺき》に失ったようだ。

悔《くや》しすぎて、半泣きのような顔になっている。

これだけの騒《さわ》ぎになっているのに、夢羽《むう》は寝《ね》ているし、小林《こばやし》は本に夢中《むちゅう》で顔も上げない。

どうしたらいいものやら……。

元《げん》と大木《おおき》がヤキモキしていると、プー先生が教室に入ってきた。

「なんだなんだぁ？　授業《じゅぎょう》始めるぞ。席に着いて！　こら！　河田《かわだ》。おまえ、仮《かり》にも委員長だろう？　日直、黒板、消してないぞぉぉ！」

張《は》りつめたような教室の空気が一気にゆるみ、みんなはホッとして席についた。

河田《かわだ》と瑠香《るか》だけはまだにらみ合っていたが……。

5

そんなことがあって、何日かたったある日。

学校からの帰り道、河田《かわだ》がぼんやり立ったまま空を見ていた。

何やってんだ？

飛行機でも飛んでるのか？

それとも、まさかＵＦＯ？

視線《しせん》をたどってみたが、そこには雲ひとつない冬空しかなかった。

珍《めずら》しく思いつめたような顔にも見える。

何かあったのかな……。

元《げん》は思ったが、さわらぬ神にたたりなし。下手《へた》に関《かか》わっていいことなどあるわけがない。

さっさと通り過《す》ぎようとしたのだが、

「お、元《げん》……」

と、声をかけられてしまった。

しまったぁ……。

元《げん》も空を見上げ、ため息をついた後でゆっくり振《ふ》り返る。

「ああ？」

「ん、というのもな……」

唐突《とうとつ》に、「というのもな……」と言われても困《こま》る。

だが、バカ田《ダ》トリオのリーダーである河田《かわだ》に理屈《りくつ》は通じない。

「うん……」

しかたなく返事をした。


銀杏《いちょう》が丘《おか》には咲間川《さくまがわ》という川がある。両側には桜並木《さくらなみき》があり、小さなベンチも設置《せっち》されていて、市民の憩《いこ》いの場所にもなっている。

真冬の今は桜《さくら》の葉っぱも全部落ち、幹《みき》と枝《えだ》だけだ。

春には薄《うす》ピンクの花で満開になるなんて、想像《そうぞう》もつかないが。

ふたりは、ゆっくりと枯《か》れ木立を横に見ながら歩いていた。

「そっかぁ……」

元《げん》は足下にあった石ころを蹴飛《けと》ばした。

蹴飛ばされた石は地面を二バウンドし、止まった。

「変だろ？」

河田《かわだ》はその石をまた蹴飛《けと》ばした。

「まぁなぁ」

例の山田《やまだ》。

毎日、バカ田《ダ》トリオの三人＋吉田大輝《よしだたいき》（彼《かれ》は不登校の状態《じょうたい》だったが、バカ田《ダ》トリオとは気が合ったようで、よく遊んでいる）の四人で遊んでいたのに、ここ最近、山田《やまだ》が遊ばないというのだ。

そういえば、学校でもつまんなそうな顔をしていることが多い。

「休み時間、勉強してることがあるんだぜ？　授業《じゅぎょう》もちゃんと聞いてるしさ。おかしいだろ？」

それはおかしい。

授業を聞いてるふりはできるが、休み時間に勉強するふりなどする理由がない。

これが、「ふり」ではなく、本当に勉強しているのであれば、さらにおかしい。山田《やまだ》に限《かぎ》ってそんなことがあるわけない！

「それにさぁ。あいつ、遅刻《ちこく》して怒《おこ》られるくらいなら欠席するタイプじゃん」

「ああ、そうだよな」

「この前もそうだったんだけど。オレらが行ったら、家で何してたと思う？」

「まさか……」

「そう！　まさかの勉強だぜ。信じられるかよ⁉　あいつが学校休んで家で勉強してるなんて‼　しかも見たこともないワークブックやってたんだぞ」

もしかすると、それは……塾《じゅく》のやつかな？

元《げん》はチラッと思ったが、言うのはやめておいた。

河田《かわだ》は深刻《しんこく》な調子で言った。

「なんだかさ……別の人間みたいに見える時あってさ」

「別の人間？」

元《げん》が聞き返すと、河田《かわだ》はその肩《かた》を両手でガシッとつかんだ。

「なぁ！　も、も、もしかすると……本当に別の人間ってこたぁないよな？」

「はあぁぁあ⁇」

何を言っておるのだ。

目をパチクリするしかない。

でも、河田《かわだ》はあくまでも真剣《しんけん》そのもの。

「あ、あのな……こんなこと、オレだって変だとは思うけどさ。母《かあ》ちゃんやプー先生には絶対《ぜったい》言えないけどな。オレ、もしかしたら……って思うんだ。そう思い始めたら、眠《ねむ》れなくってさ。昨日《きのう》なんか八時間しか寝《ね》られなかったんだ……」

いや、そんだけ寝てたら十分だと思うがな。

「おまえ、『ボディ・スナッチャー』って映画《えいが》見たことあるか？」

河田《かわだ》は誰《だれ》かに聞かれたら大変だ！　というように声を低くした。

「い、いや、ないけど……？」

「そっか。あのな……ある日、宇宙《うちゅう》から謎《なぞ》の種が落ちてくるんだ」

「種？」

「そうだ。植物のな。……で、それから、だんだんと人間たちが別の人間と入《い》れ替《か》わっていくんだ」

「別の人間と入《い》れ替《か》わっていく？」

「……うん。ま、正確《せいかく》にいうと違《ちが》うんだけどな。その人間そっくりのコピーと入れ替わってしまうんだ。すっげぇぇ、怖《こわ》かったんだぜ、その映画《えいが》。この前、テレビでやっててさぁ。どんどん入れ替わってって、地球上の人間、全部偽物《にせもの》になってくんだ‼」

元《げん》は河田《かわだ》の言おうとしていることがやっとわかった。

山田《やまだ》のようすがおかしいのを見て、もしかしたら、山田《やまだ》は他《ほか》の人間（あるいはコピー人間）と入れ替わってしまったのではないか……とか、そういうことを考えているのだ。

こいつ、本気で心底バカだ。

だが、河田《かわだ》の真剣《しんけん》な表情《ひょうじょう》を見ていると、そんなことはとても言えない。

「あ、あのさぁ。そうじゃなくて、山田《やまだ》が急に勉強好きになったと考えるほうが普通《ふつう》なんじゃないか？」

しかし、河田《かわだ》は首を左右に振《ふ》り、きっぱり否定《ひてい》した。

「んなバカなこと、あるわけねえだろ？」

「うぅーむ」

ま、そりゃそうかもしれないけど、だからといって、コピー人間と入《い》れ替《か》わったって考えるほうが無理あるんじゃないのか？

ううう、それにだんだん寒くなってきた。今日《きょう》は早く帰ってぬくぬくした居間《いま》で、録画しておいた昨日《きのう》のテレビを見る予定だったのに。

元《げん》はどんどんめんどくさくなってきた。

「まぁさ。直接《ちょくせつ》聞いてみればいいじゃん」

「いや、そりゃ何度も聞いたさ。でも、やつぁ、本当のことなんか言わない。ま、そうだよな。コピー人間になりましたなんて言うわけがない」

「いやいやいや、あのさ。コピー人間の話はひとまず置いといてさ」

苦笑まじりに元《げん》が言うと、河田《かわだ》はハッと顔を強《こわ》ばらせた。

「ん？」

不思議そうに見返す元《げん》をマジマジと見て、眉《まゆ》をひそめる。

「も、もしや……お、おまえ……？」

「ええ⁇」

ワンテンポ遅《おく》れて、河田《かわだ》の考えがわかった。

なんと、元《げん》までもしかしたらコピー人間と入《い》れ替《か》わっているんではないかと、そう言いたいんだ。

もう相手にしてられない。

「ごめん。オレ、今日《きょう》は早く帰らなくちゃいけないんだ。あのさ。そんなに疑《うたが》わしいなら、山田《やまだ》の後をつけてみればいいだろ？　そしたら、やつがどこで何してるかわかるから」

よっぽど本当は塾《じゅく》に行ってるのを見たと言おうかどうしようか迷《まよ》った。

しかし、そんなことを言っても、またまた疑《うたが》われるだけだ。自分の目で確《たし》かめたほうがいい。

「じゃな！」

まだ疑わしそうな目をしている河田《かわだ》から逃《に》げるように、元《げん》は別れた。

一度だけ振《ふ》り返ってみると、彼《かれ》はまだこっちのほうをうさんくさそうに見ていた。

あぁー、もう、なんだよ、あいつ‼

## 6

その三日後。

いつものように春江《はるえ》に頼《たの》まれ、お使いに行く途中《とちゅう》のことである。

河田《かわだ》に引き続き、今度は山田《やまだ》に呼《よ》び止められた。

場所は咲間川《さくまがわ》にかかった吾妻橋《あづまばし》の上。

例の……テスト用紙で作った紙飛行機をバカ田《ダ》トリオが飛ばしっこしていたところである。

背中《せなか》には塾《じゅく》のリュックをかついでいるところを見ると、これから塾なんだろう。

あの時と同じく、テスト用紙で作った紙飛行機を川下に向かって投げているところだった。

彼《かれ》もまたやっぱり思いつめたような顔をしている。

元《げん》に気づいた山田《やまだ》は、無言で紙飛行機を飛ばした後、ズンズン歩いてきた。

やだなぁ。

嫌《いや》な予感するぜ。

元《げん》は苦虫をかみつぶしたような顔で、しかたなく「なんだよ」と、返事をした。

山田《やまだ》は左右をパパッと見て、誰《だれ》も知った人がいないのを確《たし》かめると、

「あのさぁ、迷惑《めいわく》なんだよな。なんで、オレをつけろとか言うんだ?」

「ええ⁉」

「知ってるんだぜ。河田《かわだ》に、オレをつけてみればいいって言ったんだろ？」

「あ、あぁぁ！」

元《げん》はようやく思い出し、大きな声をあげてしまった。

まったく覚えてなかったからである。

記憶《きおく》のゴミ箱に入れておいたのをひっくり返して見つけだしたという感じだ。

やっぱり予感は当たっていた。

ろくなことないじゃないか！

「だ、だって……あいつ、コピー人間がとか言うし……」

しどろもどろ答えていると、山田《やまだ》は大きな大きなため息をついた。

「あれから毎日つけられて、あったま来るぜ‼」

「毎日⁉」

「そうだぞ。学校の登下校に、塾《じゅく》に……い、いや、なんでもない。ま、とにかくだな。

すっげー気になるし気持ち悪いぜ。しかも、やつに聞いたら、元《げん》に言われた次の日だけはつけたけど、あとは知らないとか言うんだぜ？」

「じゃあ、そうなんじゃないのか？」

「いや、違《ちが》う！　絶対《ぜったい》、毎日、つけてる。夜までだぜ？　おまえ、責任《せきにん》取れよなぁ！」

「そ、そう言われても……」

と、そこに夢羽《むう》が通りかかった。

彼女《かのじょ》も自転車だった。

「あ、茜崎《あかねざき》！」

思わず夢羽《むう》を呼《よ》びとめてしまった。

困《こま》った時に頼《たよ》りになるのは、やっぱり夢羽《むう》だからだ。

彼女は音もなくブレーキをかけ、彼《かれ》らの横で停《と》めた。

白いダウンジャケットを着て、足長に見えるジーンズに白いセーターの彼女。やっぱり白い毛糸帽子《ぼうし》をかぶっているのが、まるで風邪《かぜ》薬のＣＭに出てくる美少女そっくりだ。

いや、違《ちが》う。夢羽《むう》のほうが百倍かわいい。

「なんだよ！　女なんかに助けてもらおうってのか？」

山田《やまだ》はムスッとした顔になった。

「ううう……」

元《げん》も、そう言われてはなんと言っていいかわからなくなった。

「ともかくなぁ！　オレは忙《いそが》しいんだ。今度のテストは絶対《ぜったい》に70点取らなきゃなんないし、おまえなんかとこんな話している場合じゃねーんだ！」

って、呼《よ》び止めたのはおまえだろうが！

そう言おうと、口を開きかけた時、夢羽《むう》がふと思いついたような感じで山田《やまだ》に聞いた。

「そっか！　もしかしてクリスマスツリーに短冊《たんざく》つけたの、あんただろ？」

「え？　え？　ええええええ？？？」

山田《やまだ》はあまりに驚《おどろ》いたもんだから、口をパクパクさせ、手足をブルブル震《ふる》わせた。

「短冊……？」

元《げん》もすっかり忘《わす》れていた。

「あああ、あのレンガ軒《けん》のクリスマスツリーにあった？『70てん、とれますように』ってやつ？」

と聞くと、夢羽《むう》はこっくりうなずいた。

「な、な、なんでわかったんだ⁉」

山田《やまだ》が口をひん曲げたままで聞く。

夢羽《むう》はもう一度首をかしげた。

「ごめん。ちょっと引っかけてみた」

これには山田《やまだ》、またまたびっくり。口を開け、手足を震《ふる》わせた。

「お、お、お、お、おあぁぁぁぁぁ‼」

意味不明の叫《さけ》び声を出す彼《かれ》を片手《かたて》で制《せい》し、

「『一《はじめ》』って名前が書いてあったし、あの短冊《たんざく》の紙、この前、学校で配られたプリントの裏《うら》だっただろ。たぶん、うちの学校の生徒だとは思ってたけど。『70てん』って、テストの点数だったんだな。ま、『一《はじめ》』って名前、珍《めずら》しくもないから、もしかしたらって程度《ていど》のことだったんだ。引っかけるようなことして、ごめん」

と、素直《すなお》に頭を下げた。

「お、お、お、おまえぇぇ!!」

山田《やまだ》は両手を握《にぎ》りしめ、しばらくワナワナやっていたが、

「あ、もうすぐ四時だな」

と夢羽《むう》が腕時計《うでどけい》を見て言うと、山田《やまだ》はギョッとした顔になった。

「ほ、ほんとか?」

自分の時計も見て、「ひゃわぁわわ!」と変な叫《さけ》び声をあげた。

どうやら急ぎの用があるらしい。

「く、くそ! と、とにかく河田《かわだ》たちをやめさせろよな!!」

そう言い捨《す》て、走るようにしてその場を去っていってしまったのである。

「塾《じゅく》かな? そういや、なぜさっき山田《やまだ》に『もうすぐ四時だな』なんて言ったんだ? やつが四時に用事があるって、よくわかったな?」

元《げん》が聞くと、夢羽《むう》は肩《かた》を小さくすくめた。

「この前も四時頃《ころ》、塾《じゅく》に入ってってたからね。今日《きょう》もそうなのかなぁって思っただけだ。どうやら当たりだったたらしいな」

「そっかぁ！」

夢羽《むう》は推理《すいり》力だけじゃなく、観察力も並《なみ》はずれてあるんだ。

元《げん》たちが見逃《みのが》してしまったり、忘《わす》れてしまったりすることをちゃんと覚えていて、つなぎあわせることができるんだ。

「で？　河田《かわだ》たちに何をやめさせろって言ってるんだ？」

夢羽《むう》に聞かれ、元《げん》はそれまでの事情《じじょう》を説明した。

すると、彼女《かのじょ》は「へぇー、それは面白《おもしろ》いな」と興味《きょうみ》を示《しめ》した。

「面白くなんかないよぉ」

元《げん》が口をへの字にして言うと、夢羽《むう》はにっこり笑った。

「でも、山田《やまだ》がなぜか急に勉強熱心になり、塾にまで行ってるのは事実だ。そして、それを河田《かわだ》たちには内緒《ないしょ》にしているらしいことも。ただ、誰《だれ》かが山田《やまだ》をつけ回しているというのはまだ不確定《ふかくてい》だ。少なくとも、河田《かわだ》たちは一日はつけ回したが、他《ほか》は覚えがないと言ってるんだよな」

「う、うん、そうだよ」

と、答えつつ、またまた探偵《たんてい》小説みたいになってきたから、元《げん》はワクワクし始めた。

もしかしたら、また少年探偵のようなことが始まるかもしれない！

何かするんだったら、なんでも手伝《てつだ》うぞ！

今日《きょう》も宿題があったし、明日《あした》もテストがあるが、そんなもの、この際《さい》、目をつぶろう。

ホームズの助手、ワトソンのように、夢《む》羽《う》の助手ができるんなら、成績《せいせき》なんか二の次だ！

と、勝手に盛《も》り上がっていたというのに。

元《げん》の思惑《おもわく》とは別に、彼女《かのじょ》は「じゃあ」と一言。自転車で坂道をサァーッと下っていってしまったではないか。

遊園地に到着《とうちゃく》し、さぁ、これから何が始まるんだろうと、期待に胸《むね》をふくらませた子《こ》供《ども》がふいにたったひとり置いてきぼりになったような気分……と言えばいいだろうか。

いやいや、それどころか、遊園地だと思っていたのに、そこはただのいつもの公園だったような。

そんな肩《かた》すかしな感覚。

夢《む》羽《う》の降りていった坂道を見たが、もうどこにも彼女の姿《すがた》はなかった。

晴天の空の下、耳がジンとするほど冷たい風が吹《ふ》きつけてくる。

「う、さむっ」

元《げん》はジャンパーのえりをギュッと握《にぎ》り、ため息をつく。

ま、そうだよな。

そんなに世の中、面白《おもしろ》いことや謎《なぞ》がいっぱいあるわけじゃないよな。

なんて思いながら、自転車に乗ったのだったが、ところがところが、「山田《やまだ》変貌《へんぼう》の謎《なぞ》」

はその後、意外な展開《てんかい》を見せるのであった。

## ★カンニング？

### 1

「なあ、冬と夏、どっちが好き？」

元《げん》の問いに、大木《おおき》は鼻の下をかきつつ、空を見上げつつ考えた。

風は刺《さ》すように冷たいが、今日《きょう》もいい天気だ。

「そうだなぁ。夏はスイカもあるし、冷やし中華《ちゅうか》もあるし、トマトとかもうまいけど、冬は冬で鍋《なべ》料理がうまいし、イチゴやミカンもうまいしなぁ」

予想通りの答えである。

聞いただけバカみたと、元《げん》は苦笑した。

すると、大木《おおき》が聞き返した。

「じゃあ、元《げん》はどっちが好きなんだ？」

「うーん。そうだな、オレは……やっぱ夏が好きだな。夏のほうが外で遊べるしな」

道路脇《わき》に続く垣根《かきね》の葉っぱを指で弾《はじ》きながら答える。

何の木なのかわからないが、常緑樹《じょうりょくじゅ》らしく、堅《かた》い葉っぱがきれいに刈《か》りこまれている。

「だけど、オレは汗《あせ》っかきだからなぁ。夏は苦手だよ」

そう言ってる大木《おおき》の鼻の頭には、冬だというのに汗がふつふつと浮《う》かんでいた。元《げん》はただ「そっかぁ」と言い、また葉っぱを弾いた。


ふたりはかくのごとく意味のない話をグダグダしながら、のんびり歩いていた。

今日《きょう》は学校も早く終わった。

小林《こばやし》の家へ行き、勉強を教えてもらった後、三人でゲームでもしようという魂胆《こんたん》だ。

最近、テストが多い。またまた明日《あした》、テストがある。

しかも国語、算数、理科の三科目で、このテストで赤点を取ったら、居残《いのこ》りをさせられるという。

プー先生的にはそういうふうに生徒たちを追い立てるようなことはあまりしたくない

のだが、この前の学力テストで、この地区の成績《せいせき》があまりに悪かったため、強化月間にしようと職員室《しょくいんしつ》で決まったんだそうだ。

だからなのか、最近、テストが多いのは。

元《げん》も大木《おおき》も、いい迷惑《めいわく》だと、まるで他人事《ひとごと》のように思っていた。


ピンポーン！

ドアのチャイムを鳴らすと、しばらくしてドアが開いた。

色白の小林《こばやし》がドアの隙間《すきま》から顔を出した。

困惑《こんわく》したような表情《ひょうじょう》だ。

「ん？　どうかしたの？　あれ？　お客さん？」

なぜそんなふうに元《げん》が聞いたかというと、玄関《げんかん》に小林《こばやし》の物とは絶対《ぜったい》に思えない運動靴《うんどうぐつ》が三つもあったからだ。

かかとがグズグズになっていて、その上泥《どろ》だらけ、小指のところが破《やぶ》れた運動靴は、その人がどれだけオシャレに無頓着《むとんちゃく》なのかを物語っていた。

似《に》たようなものが三つも！

いや、もうちょっと小ぎれいなスニーカーもあった。来客は四人か？

元《げん》の視線《しせん》をたどり、小林《こばやし》はうんざりしたような顔でうなずいた。

「そうなんだ……実はさぁ」

と、声をひそめる。

「え？　どうかしたの？」

元《げん》の後ろから大木《おおき》が顔を出す。

ふたりに小林《こばやし》がささやいた。

「バカ田《ダ》トリオなんだよ」

「…………」

実はこの時、元《げん》だけは予想していた。

この世にもずさんな運動靴《うんどうぐつ》三つの主がバカ田《ダ》トリオなんではないかと。そして、残る一足は吉田大輝《よしだたいき》のものだろう。

昨日《きのう》といい、その前といい。ここ最近のバカ田《ダ》トリオの動きは異常《いじょう》だ。

小林《こばやし》に通されたリビングには、怒《おこ》ったような困《こま》ったような顔をしたバカ田《ダ》トリオの三人と吉田大輝《よしだたいき》が並《なら》んで座《すわ》っていた。

彼《かれ》らは元《げん》と大木《おおき》の顔を見て、「あっ!」と驚《おどろ》いたが、すぐに怒ったような顔にもどった。

その上、

「なんだなんだ。おまえたちに用はないんだ。さっさと帰れ!」

「そうだそうだ。こっちの用事が先なんだからな。ジャマするな‼」

「迷惑《めいわく》だぞ‼　帰れ帰れ!」

と、無茶苦茶なことをわめいた。

だが、元《げん》は怒るより前に少しだけホッとした。

よかった……。

いつものバカな三人だ。

急に山田《やまだ》が勉強熱心になったり元気なさそうだったり、その山田《やまだ》のことを河田《かわだ》がコピー人間なのではないかとSFチックな心配をしたり、後をつけたりつけられたり。

まともじゃないのはいつものことだが、ここ最近の異常《いじょう》さはあまりにあまりだ。

「まぁ、そう言うなよ。それに、ここはオレん家《ち》だ。『帰れ』と言えるのはオレだけだよ」

小林《こばやし》がさらりと言う。

秀才《しゅうさい》の彼《かれ》にそう言われれば、河田《かわだ》たちも何も言えない。

ふくれっ面《つら》のまま居心地《いごこち》悪そうに顔を見合わせた。

こっちはこっちで顔を見合わせた。

大木《おおき》は小さい目をクリクリさせ、小さく笑った。

いつもなら、「ざまあみろ!」と胸《むね》がスッとするところだが、今日《きょう》はなんだかかわいそうだった。

小林《こばやし》の両親は音楽家なんだそうで、リビングには黒いグランドピアノがデーンと置かれていた。

それでも別に圧迫感《あっぱくかん》を感じないほど、広々とした部屋《へや》なのがすごい。

天井《てんじょう》も高くて、シャンデリアが下がっていて、ピカピカと輝《かがや》いていた。

白い家具の上には立派《りっぱ》な植木鉢《ばち》が置かれてあり、大きなピンク色の花を咲《さ》かせていたし、緋色《ひいろ》の絨毯《じゅうたん》もふかふかしているし。

色白で女子に間違《まちが》えられそうな吉田大輝《よしだたいき》はともかく、他《ほか》のがさつな三人は浮《う》きまくっていた。

彼《かれ》ら自身も居心地《いごこち》が悪いんだろう。そわそわと落ち着きがない。

「コーラでも飲む？」

小林《こばやし》が聞くと、三人同時に「うん！」とものすごく大声で答えた。

# 2

「カ、カンニング～⁇」

みんなにグラスを配り、コーラを注いでいた小林《こばやし》は危《あぶ》なくその二リットルサイズのペットボトルを取り落としそうになった。

もちろん、元《げん》も大木《おおき》も目をまん丸にし、河田《かわだ》を見た。

「カンニングと言うとさ、人聞きが悪いが……まぁ、とにかく人助けだと思って、ここはひとつなんとかしてくれ。ほら、ちょうどいいんだぜ。小林《こばやし》の斜《なな》め後ろだろ？　山田《やまだ》は。オレ、それに気がついた時はさ。こりゃ、神様の知らせだって思ったぜぇ！」

河田《かわだ》は調子のいいことをぺらぺら言っている。

どう言おうが、カンニングはカンニングなのに。

「いやぁ、そりゃどうかな。オレは引き受けられないよぉ」

いつもはクールな小林《こばやし》もこの時はけっこう焦《あせ》っていた。

手を顔の前で激《はげ》しく振《ふ》り、首も左右に振った。

河田《かわだ》は思わず立ち上がり、小林《こばやし》を見下ろした。

いったい何をしようというのか？

みんなが彼《かれ》に注目する。

すると、驚《おどろ》いたことに、河田《かわだ》はガバッと両手を白いテーブルの上についた。

「頼《たの》む！　この通りだ。そうじゃなきゃ、山田《やまだ》、死んじまうぞ。明日《あした》のテスト、70点取らないとダメなんだよぉ‼」

「そ、そう言われてもさぁ……」

と弱り切っている小林《こばやし》の横で、元《げん》が「あぁあ‼」と大きな声をあげた。

次は元《げん》が注目を集める番だった。

河田《かわだ》と同じように立ち上がった元《げん》は山田《やまだ》を指さした。

「あれだろ⁉　七夕《たなばた》！　テスト、70点って！」

これではほとんど暗号である。

小林《こばやし》は目を点にして、元《げん》を見た。

「悪い。もうちょっとわかる言葉で話してくれよ」

気づけば、山田《やまだ》以外の全員が同じような目で見ている。

……ということは、山田《やまだ》は短冊《たんざく》の話、河田《かわだ》や島田《しまだ》にもしてないってことか。

いったいどう説明していいものやらと思っていたら、

「いいよいいよ。もうかっこつけてる場合じゃないし。実はな……」

と、山田《やまだ》がむっつりした顔のまま話し始めたのだった。

一、二ヶ月前から、なんとなく不穏《ふおん》な空気はあったという。
なんだか山田《やまだ》の母、恭子《きょうこ》の機嫌《きげん》が良くない。

山田《やまだ》の家はサラリーマンの父、孝《たかし》と専業主婦《せんぎょうしゅふ》の恭子《きょうこ》、山田《やまだ》の下には圭《けい》と悠《ゆう》という弟、そして愛《あい》というまだ小さい妹、この六人家族である。

想像《そうぞう》通り、いつもは笑いと小言を言う声などが絶《た》えないにぎやかな家だったが、このところ急に恭子《きょうこ》が教育ママになった。

それまでは下の弟たちや妹の世話が大変で、山田《やまだ》のことなど、ほぼ放任《ほうにん》だったというのに、突然《とつぜん》宿題やテストのチェックを始めた。

結果、恭子《きょうこ》が思った以上に、山田《やまだ》がまったく勉強をしていないという事実が発覚。このままでは中学に上がった後、大変なことになる！　と、半ば強制的《きょうせい》に塾《じゅく》へ通わせるようにした。

「勉強のクセをつけなくっちゃ！　いい？　あんたはね。山田《やまだ》家の長男なんだから、あんたがしっかりしないでどうするの？　だいじょうぶ。今からでも間に合うわ。今から頑張《がんば》ってれば、いい中学にも入れるの。いい中学に入れればいい高校にも入れるし、もちろん、大学だって一流のところへ行けるわ。あのね。日本はまだまだ学歴社会なんだから、こんな不況《ふきょう》で、何の芸もない人間がどうやって暮《く》らしていくっていうの？　ママはね。嫌《いや》よ！　いい歳《とし》して、親のスネかじってるのとか。下には弟たちもいるし妹だっているんだからね。一《はじめ》が率先《そっせん》して頑張ってる姿《すがた》を見せてかなきゃ、弟たちも妹も頑張れないでしょ？　それよりね。一《はじめ》が頑張ってれば、みんながお兄《にい》ちゃんってすごいんだなって尊敬《そんけい》すると思うのよ。どう？」

と、この……ほぼ十倍くらいの台詞《せりふ》を一気にしゃべり続けるのだから。「どう？」と聞かれても、なんとも答えようがない。

ずっと自由を謳歌《おうか》させてきた頭がやっとこさ理解《りかい》できたのは、『どうやらこれからは勉強を頑張《がんば》らなくちゃいけないらしい。塾《じゅく》にも行き、いい中学を受験するらしい』ということだった。

青天の霹靂《へきれき》とはこのことだ。

まさか自分が「お受験」をすることになるとは思わなかったし、「塾《じゅく》」に行くことに

なるとは思ってもみなかった。
その上、毎日、恭子《きょうこ》は山田《やまだ》の宿題やテストの結果、ノートなどをチェックした。
早く家に帰って来なければ学校に電話をかけるという有様だ。

「マジかよぉ……」

元《げん》がうめくように言うと、山田《やまだ》はいつになく神妙《しんみょう》な顔でうなずいた。

「んな、今までまともに勉強なんかしたことないんだぜ？　急に受験用の塾なんか

行って、ついていけるわけないだろ？　マジに地獄《じごく》だぜ」

「まぁ、そうだよなぁ」

それは非常《ひじょう》に説得力のある話だ。

元《げん》だって、大して勉強しているとは言えないが、少なくともバカ田《ダ》トリオよりは頑《がん》張《ば》ってると思っている。ま、宿題くらいはやるし、テスト勉強だっていちおうやる。

その元《げん》だって、あんな受験用の塾《じゅく》に行って、ついていける自信なんかゼロだ。

「だろ？　その辺のところをわかってくれないんだよなぁ、オレ、勉強以外なら記《き》憶《おく》力《りょく》、自信あるんだけどな……」

「そうだよな。おまえ、バスの時《じ》刻表《こくひょう》、みんな暗記してるもんな！」

河田《かわだ》が言うと、山田《やまだ》は首を振《ふ》りながら、

「うんうん。どっちかというと、そっちのほうが理科なんか覚えるより役に立つんだけどなー」

と言って、ますますしおれていった。

「本気でやりなさい！　あのねぇ。人間、死ぬ気で頑張《がんば》ればできないことなんかないの！　それに、小学校でみんなが習っている勉強よ？　何も中学か高校の勉強をしなさいなんて言ってないんだから！」

恭子《きょうこ》の言い分はこうである。

ま、それも一理ある。

だが、死ぬ気で頑張るなんてことを生まれてこのかたやったことのない人間だっているんだ。

それを理解《りかい》していない。

「そうだよなぁ。オレだってよく言われる。『やればできる子なんだから！』って」

大木《おおき》がコーラをグビッと飲みほして言った。

「そうそう！　それ、よく言うよな。親って」

元《げん》もうなずくと、島田《しまだ》が小さな目をパチクリした。

「オレもオレも！　でもな。違《ちが》うんだぜ。『やればできる子』なんじゃなくって、『やらないからできない子』なんだと！」

「へぇえ！　それ、誰《だれ》に聞いたんだ？」

小林《こばやし》が聞くと、島田《しまだ》は得意気に低い鼻を指の背《せ》でこすった。

「オレの叔母《おば》ちゃん。雑誌《ざつし》の記者やっててさ。オレんちの親戚筋《しんせきすじ》じゃ一番頭いいんだ。でも、独身《どくしん》で四十にもなってまだ家で親にご飯作ってもらってるんだって。だから、あの人、言うことだけはまともねぇって、うちの母《かあ》さん、よく言ってる」

「ふううん……でも、それ、言えてるな！　『やればできる子』なんじゃなくて『やらないからできない子』だっての」

元《げん》は妙《みょう》に感心した。

自分もよく言われるが、どうもしっくりいかないというか、だからどうなんだよ！と言いたくなってしまう。

今度、春江《はるえ》に言われたらそう言ってみようかな？

と、思ってみたが、みるみる鬼《おに》のような顔になるようすが想像《そうぞう》できて、やめておいたほうが無難《ぶなん》だなと思い直した。

## 3

で、まぁ、できもしない勉強をイヤイヤやらされていた山田《やまだ》は、すっかり元気もなくしてしまった。

まったく理解《りかい》できないことを塾《じゅく》でボーッと聞いてるだけなんだから、その辛《つら》さは簡単《かんたん》に想像できる。

特に山田《やまだ》が行っている「合格超進学塾《ごうかくちょうしんがくじゅく》」は厳《きび》しいことで有名だ。

なんでも塾の講師《こうし》は長い鉄の定規《じょうぎ》を持って歩き、さすがに子供《こども》たちを叩《たた》くことはしないが、代わりに机《つくえ》をバシバシ叩いてビビらせるんだとか。

家に帰っても怒《おこ》られ、塾でも怒られる。

最近、テスト続きだから、塾に行った後、毎日夜中までテスト勉強させられていたらしい。

そういえば、最近、いつにもまして授業中《じゅぎょうちゅう》に居眠《いねむ》りばかりして、プー先生によく注意されてたっけ。

元《げん》は思い出し、心底同情《どうじょう》してしまった。

「ふぇぇぇ……そりゃ、ちょっとキツイなぁ」

みんな何と言っていいかわからない顔になり、山田《やまだ》はますますうなだれた。

「山田《やまだ》の母《かあ》さん、前からそうだったわけじゃないんだろ?」

もともとの下がり眉毛《まゆげ》をますますへの字にして大木《おおき》が聞くと、今度は彼《かれ》のほうを向いてこっくりうなずいた。

「ぜーんぜん! どっちかというと、オレのことなんかちっとも気にしてなかったぜ。忘《わす》れてるのかと思うくらいで。弟たちがまだ小さいからな。ま、ちょっとは寂《さび》しいと思ったこともあったけど、今となると……その頃《ころ》がなつかしいよ」

「ふん！　塾《じゅく》なんかなー！　行く必要ないない。何のための学校だよ‼」

河田《かわだ》が鼻の穴《あな》をふくらませて言うと、島田《しまだ》も「そうだそうだ！」と拳固《げんこ》を振《ふ》り上げた。

と、その時、大木《おおき》がポッンと言った。

「でも、オレ、ちょっと……塾って行ってみたいかもしれない」

「えぇぇぇぇぇぇ――――⁉」

「なんだよ、おめぇぇぇぇ‼」

「裏切《うらぎ》る気かよ！」

バカ田《ダ》トリオが声をそろえて抗議《こうぎ》したが、大木《おおき》は後ろ頭をポリポリかいた。

「オレ、最近ちょっとだけ勉強が面白《おもしろ》くなってきててさ。こんなこと言うと、バカにされそうなんだけど」

うんうん。

そう言えば、前にもそんなことを聞いたことがあった。

元《げん》は思い出し、大木《おおき》の大きな体を見直した。

ここのところ、特に算数は大木《おおき》に教えてもらうことのほうが多くて、ちょっと焦《あせ》ってしまうのだ。

小林《こばやし》は縁《ふち》なしの眼鏡《めがね》をスッと上げ、微笑《ほほえ》んだ。

「ほんとのところはバカになんかされるはずはないのさ。勉強なんか嫌《きら》いだって言っておいたほうが、通りがいいだけで。からかうやつはいるだろうけどね。本当は、勉強が好きだって大木《おおき》みたいに堂々と言えるほうがかっこいいと思うけどな」

「そ、そうかなぁ？」

大木《おおき》は恥《は》ずかしそうに大きな体をゆらした。

「うん。だってさ。もちろん、すべての塾《じゅく》が悪いというわけじゃないだろ？　本当なら、学校だけで事足りればいいんだろうけど、いろいろむずかしいと思うんだ。子供《こども》の数も多いしさ。先生にマンツーマンで質問《しつもん》したりもなかなかできないだろうし。それこそ、そんなことやったら、あいつはガリってるって目で見られたりもするし」

秀才《しゅうさい》の小林《こばやし》がそんなことを言うとは思ってもみなくて、みんな口をポカンと開け、彼《かれ》の整った顔を見ていた。

それに気づいて、少しだけ顔を赤くした。

「ま、いいや。それで?? なぜカンニングなんだよ。70点取らないと、山田《やまだ》が死ぬってどういうことだ?」

小林《こばやし》に聞かれ、山田《やまだ》はさらにうなだれてしまった。

そこで、河田《かわだ》が白目の目立つ目を吊《つ》り上げて言った。

「あのなぁ。テスト、70点取らないとなぁ。山田《やまだ》はもうひとつ、塾《じゅく》に行かされるんだよ!」

「もうひとつ?」

「合格超《ごうかくちょう》進学塾以外にもってこと?」

元《げん》と大木《おおき》が聞くと、うんざりしたように河田《かわだ》が答えた。

「そうだよ。しかも、電車に三十分も乗っていくような街にある有名進学塾だってさ！」

バカ田《ダ》トリオは大きなため息をついた。

その隣《となり》に座《すわ》っている吉田《よしだ》も山田《やまだ》を同情《どうじょう》の目で見た後、肩《かた》を落とした。

「だ、だって合格超《ごうかくちょう》進学塾《じゅく》、週に何回行ってるんだ？」

元《げん》が聞くと、山田《やまだ》は無言で指を四本立ててみせた。

「週に四日か。で？　その進学塾には？」

今度は指を二本立て、首をかしげて、もう一本追加した。

つまり二日か三日ということか。

「えええ？　だって、一週間は七日しかないんだぞ？」

「知ってらぁ！　そ、それくらい」

すでに泣きそうな声である。

そうか……だから、商店街のツリーに、季節はずれの短冊《たんざく》を吊《つ》り下げたというわけか。

ううむぅ。

これはちょっと……本格的《ほんかくてき》にまずいかも。

元《げん》だって勉強は苦手である。できれば、ソファーで寝《ね》っ転がって、好きな漫画《まんが》や冒険《ぼうけん》小説を読んでいたい。友達《ともだち》と外で遊んでいたい。

でも、そんなことばかりしていたら、いつか自分だけ取り残されてしまうんじゃないかっていう焦《あせ》りも少しある。

そのうち、大木《おおき》のように勉強が面白《おもしろ》く感じるようになったら最高だけど、その日が来るのかどうか、今のところは大いに怪《あや》しい。

だから、宿題くらいはやっておこうと机《つくえ》に向かうのかもしれない。

いやいや、ほんとのところは、プー先生や親から怒《おこ》られるから……なのかな？

宿題をまったく出さない先生もいるんだと聞いて、すごくうらやましかったけど。もしかしたら、そんなことになったら、まったく勉強しないんじゃないか……。

なんていうことを元《げん》が考えていた時、河田《かわだ》がガバッと立ち上がり、再《ふたた》びテーブルに両手をついて、小林《こばやし》を見上げた。

「頼《たの》む！　小林《こばやし》。おまえを男と見こんで頼んでんだ！　カンニング、させてやってくれぇ‼」

# 4

「そ、そう言われてもなぁ……」

小林《こばやし》は切れ長の瞳《ひとみ》を曇《くも》らせ、首をかしげた。

サラサラの髪《かみ》に窓《まど》からの光が当たって、茶色っぽくなっている。

小林《こばやし》とは正反対の容姿《ようし》を持つ河田《かわだ》が嘆《なげ》いた。

「こいつな。この前もコンビニのトイレにおじいさんが入ってったのに、出てきたら若《わか》い男になってたとか、わけのわからないことを言うんだ」

「はぁ?? なんだ、それ」

「知らねぇよ。とにかく病気一歩手前みたいなんだ」

と、そこまで言われ、山田《やまだ》が口をはさんだ。

「おい、なんだよ、その言い方。あれはほんとだったんだぜ! 塾《じゅく》に行く前で、トイレ行きたくなってさ。コンビニにかけこんだのに、おじいさんが入ったっきりなかなか出てこなくって。もう漏《も》れそうになったのに、そしたら出てきたら若い男だったんだ!」

「あのさぁ、山田《やまだ》。たぶん、おまえがちょっと目を離《はな》したすきにおじいさんは出てしまって、次に若《わか》い男が入ったんだよ」

小林《こばやし》に言われても、山田《やまだ》は納得《なっとく》しない顔だ。

「くそー、みんなしてオレをバカにしやがって！」

「そんなことないだろ？　おまえはさ。柄《がら》にもなく勉強ばっかさせられてっから、幻覚《げんかく》を見たりするんだ。このままだとマジにやべえぜ。オレたちはさ。おまえのこと、心配だからこうして頼《たの》みに来てるんじゃねえか」

「そうだそうだ。小林《こばやし》、頼むよ。ついでに、オレたちにも答え教えてくれよな」

と、余計《よけい》な一言は島田《しまだ》だが……。

それはそれとして、ここは元《げん》も頼みたくなってきた。

山田《やまだ》はバカだし、失礼なやつだけど、それでも一年の頃《ころ》からの友達《ともだち》だ。

勉強嫌《ぎら》いな山田《やまだ》が休みの日もなく、毎日塾《じゅく》に行かされたりしたら、本当に病気になってしまうかもしれない。

「なぁ、小林《こばやし》。ここはひとつ、なんとかならないかぁ？」

元《げん》が言うと、隣《となり》の大木《おおき》もウンウンと大きくうなずいた。

小林《こばやし》は頭を抱《かか》え、きれいな髪《かみ》をぐしゃぐしゃにしたが、しばらくして、パッと顔を上げた。

期待に満ちた目で見つめるバカ田《ダ》トリオに、小林《こばやし》は言った。

「わかった。カンニングは無理だけど、勉強みてやるよ。それならいいだろ？　70点取れれば文句《もんく》ないんだから」

これにはみんな……バカ田《ダ》トリオだけでなく、元《げん》や大木《おおき》までがっかりした。

「ええぇぇぇぇぇー!?」

「なんだよぉぉぉおおお」

「んなことなら、こんなところまで来ないぞ」

「そうだそうだ」

「ちょっと教えてもらうくらいで70点取れれば苦労はないぞ。オレたちを見損《みそこ》なうな!!」

河田《かわだ》たちは口をそろえて、いっせいに文句《もんく》を言う。

でも、小林《こばやし》は涼《すず》しい顔にもどり、冷たく言いはなった。

「いいんだぜ？　せっかくテストの山を教えてやろうと思ったけど。なら、おまえら、別を当たってくれ」

これには元《げん》も大木《おおき》もあわてた。

「オ、オレたちは関係ないよな？」

「そうだよ。オレらは今日《きょう》、小林《こばやし》と勉強しようと思って来たんだから！」

小林《こばやし》は苦笑し、さっそく教科書とワークブックをテーブルの上に出した。

「もちろんだよ。さっさとすませて、ゲームしようぜ！」

「おうおう」

「そうだそうだ！」

バカ田《ダ》トリオには構《かま》わず、テーブルにノートを広げる元《げん》と大木《おおき》を見て、河田《かわだ》たちも顔を見合わせた。

それでも、往生際《おうじょうぎわ》悪く、河田《かわだ》と島田《しまだ》は口をとがらせた。

「あのなぁ！　勉強みてもらうなら吉田《よしだ》に頼《たの》めばいいんだ。んなことじゃさ、70点取るなんてこと、無理に決まってるだろ？」

「そうだよ。おまえ、山田《やまだ》の頭をなめてんだろ！」

ちょっと考えてみれば、ずいぶんひどいことを言われてるというのに、山田《やまだ》は真剣《しんけん》な表情《ひょうじょう》でウンウンと同意している。

「あのなぁ。吉田《よしだ》は頭いいかもしれないけど、明日《あした》、どんなとこがテストに出るかは、小林《こばやし》のほうがわかると思うぜ？」

元《げん》が言うと、吉田《よしだ》も大きくうなずいた。

「そ、そっかぁ……」

「うぅぅむ……」

「むぅう……」

バカ田《ダ》トリオはまたまた顔を見合わせ、汗《あせ》をかきまくり、腕組《うでぐ》みをした。

そして、他《ほか》に策《さく》はないとあきらめたんだろう。

ウンウンうなりながらも、小林《こばやし》から教えてもらうことに決めたようだった。

★山田《やまだ》のなみだ

1

「あー、終わった終わった!!」

瑠香《るか》が両手を挙げて言った。

三教科連続であったテストが終わった瞬《しゅん》間《かん》だ。

「ふぃー、疲《つか》れたあ」

「ひゃっほー!」

「ばんざーい!!」

みんな思い思いに声をあげ、「こら、静かにしろ!」とプー先生が苦笑しながら注意した。

「ま、しかし、みんなよくやったな。よし、じゃあ次の道徳《どうとく》の時間は、特別、運動場で自由に遊んでいいぞ！」

プー先生の粋《いき》な計らいに、子供《こども》たちは全員歓声《かんせい》をあげた。

元《げん》と大木《おおき》は目で合図し合い、小林《こばやし》の肩《かた》をつついた。

彼《かれ》もクルッと振《ふ》り向き、ニヤリと笑った。

「さすがは小林《こばやし》だな。山、ほとんど当たってたじゃん！」

今日《きょう》も快晴《かいせい》である。風は冷たいが、陽射《ひざ》しがポカポカと背中《せなか》を温めてくれる。

鉄棒《てつぼう》のところで三人集まり、さっきのテストの話をしていた。

元《げん》の言う通り、昨日《きのうこ》小林《ばやし》に教えてもらったテストの山がほとんど的中したのだ。

「オレ、たぶん今までで一番できたと思う」

大木《おおき》もうれしそうに体をゆらした。

「あいつらはどうしたかな」

「そうだな。特に山田《やまだ》……」

ちらっと見ると、やつらは女子を追いかけ回し、嫌《いや》がられていた。

「あの調子ならうまくいったんだろうな」

小林《こばやし》が笑い、元《げん》が言った。

「そりゃそうだよ。いくらバカ田《ダ》トリオだって、あれだけ昨日《きのう》やってりゃね」

その時、瑠香《るか》と夢羽《むう》がやってきた。

「ねえ、どういうこと？」

瑠香《るか》が不機嫌《ふきげん》そうな声で小林《こばやし》に聞いた。

「え⁇」

鉄棒《てつぼう》の上にヒョイと上半身を乗せたまま、小林《こばやし》が瑠香《るか》を見る。

「さっきさんざん自慢《じまん》されたんだけど。バカ田《ダ》トリオに。小林《こばやし》くんから今日《きょう》のテストの山を教えてもらったって。ウソでしょ？」

小林《こばやし》はクルッときれいに回転し、音もなく着地。

「いや、ウソじゃないよ。元《げん》や大木《おおき》もいっしょに勉強したんだ」

その言葉に、瑠香《るか》は目を引きつらせた。

「なんで⁉　なんでわたしたちに教えないで、バカ田《ダ》トリオに教えるわけ？」

瑠香《るか》は「わたしたち」と言ったが、夢羽《むう》は別に教えてもらわなくたってきっと自力で満点を取るんだろうに。

元《げん》はチラッと思ったが、もちろん何も言わなかった。

その代わり、昨日《きのう》のやりとりを全部話してやった。

商店街のクリスマスツリーに下げてあった七夕《たなばた》の短冊《たんざく》も山田《やまだ》だったんだという話をすると、さすがの瑠香《るか》も苦笑するしかなかった。

「そうだったんだぁ……なんだか哀《あわ》れだねぇ」

「だろぉ？　といってカンニングはまずいだろうってことになって、小林《こばやし》がテストの山を教えてくれたんだよ」

と、そこまで「ふんふん」と聞いていた瑠香《るか》だったが、ハッと我《われ》に返ったように元《げん》を見た。

「じゃあさ。どうしてそこでわたしに連絡《れんらく》しようって思わないわけ？　友達《ともだち》がいがないなあ！」

「そ、そんなこと言われたって……」

「何よ‼」

瑠香《るか》には頭が上がらない元《げん》は責《せ》められる一方だ。

でも、瑠香《るか》もとりあえず気がすんだらしく、話題を変えた。

「ところでさ。例の『振《ふ》り込《こ》め詐欺《さぎ》』だけどさ。もう電話、かかってこなかったわけ?」

話題が変わったのを知って、元《げん》は必要以上に機嫌《きげん》よく答えた。

「あ、ああ。うんうん、かかってこなかった。あれから、うちの父《とう》さんがさ、だまされそうになった母《かあ》さんのこと笑ったりしたもんだから、喧嘩《けんか》になっちゃってさ。大変だったよ」

「へぇー!」

なんて言ってるうち、給食の時間になってしまった。

算数の授業《じゅぎょう》は長く感じられるのに、自由時間はあっという間だな。

元《げん》は今さらながらにそんなことを思いつつ、運動場を横切り、歩いていた。

すると、誰《だれ》かが大きな声で「あ、飛行船だ！」と叫《さけ》んだ。

みんな立ち止まり、空を見上げた。

雲ひとつない冬空に、銀色の飛行船が悠々《ゆうゆう》と浮《う》かんでいた。

飛行船には「振《ふ》り込《こ》め詐欺《さぎ》に注意してください。警視庁《けいしちょう》」と大きく書かれてあった。

なんだか夢《ゆめ》のない飛行船だなぁ……。

元《げん》はため息をつき、見上げた目線をもどした。

そこに夢羽《むう》がいて、目が合った。

彼女《かのじょ》も似《に》たようなことを思っていたんだろう。

苦笑して返した。

もちろん、元《げん》の心臓《しんぞう》は跳《は》ね上がり、脈も速まり、顔がまっ赤《か》になったのは言うまでもない。

## 2

しかし、とても残念なことに、山田《やまだ》は目標の70点を取ることができなかった。正確《せいかく》にいえば、国語52点、算数47点、理科56点である。

だが、いつもの彼《かれ》は30点取れていたらいいほうだ。

だから、プー先生は答案用紙を返す時に、「山田《やまだ》！　よく頑張《がんば》ったな！」と、彼《かれ》の頭をなでてやったくらいである。

学活と掃除《そうじ》が終わり、あとは帰るだけとなった教室。

「いやいや、ほんとだぜ。おめぇ、よくやったじゃんか。母《かあ》ちゃん、許《ゆる》してくれるって」

「そうだよ。オレなんかいっしょに勉強したのに算数32点だぜ⁉」

「オ、オレは37点だったぜ⁉」

「ちぇ、負けたぜ」

「へへっへへ」

と、河田《かわだ》と島田《しまだ》は、彼《かれ》らとしては精《せい》いっぱい山田《やまだ》をなぐさめたのだが、彼は力なく首を振《ふ》った。

「だめだ……これじゃ、やっぱりもうひとつ塾《じゅく》に行かされることになる……」

それを聞いて、元《げん》たちもため息をつくしかなかった。

「やるだけやったんだからさ。お母《かあ》さんにちゃんと説明しなよ！　わかってくれるって。なんだったら、わたしから話してあげよっか？」

面倒見《めんどうみ》のいい瑠香《るか》が聞いたが、山田《やまだ》はやっぱり首を振るだけ。

黙《だま》ったまま、今にも泣きだしそうな顔でランドセルをかつぎ、トボトボと背中《せなか》を丸めてみんなといっしょに帰っていった。

その後ろ姿《すがた》を見送り、元《げん》たちはなんとも言えない気分になっていた。

親が決めたことを子供《こども》が撤回《てっかい》することなんてなかなかできない。まして、その友達《ともだち》が何かできることなんて、そうそうない。

もっと小さい頃《ころ》だったら、「おばちゃん、〇〇ちゃんが行きたくないって言ってるよ」なんて無邪気《むじゃき》に言えたかもしれないが、小学五年生ともなれば、なかなかむずかしい。

「ねぇ、なんとかならないかな?」

ポツンと言った瑠香《るか》の声も、きっとむずかしいよね? という感想が混《ま》じっている。

だから、

「しかたないよ。やっぱ山田《やまだ》が自分でなんとかするしかないんだ。自分の意見をちゃんと話すしかないかもな」

と、元《げん》が珍《めずら》しくクールな意見を言った時も、「そうだよねぇ……」と素直《すなお》に同意したのだが……。

なんと驚《おどろ》いたことに、夢羽《むう》の次にクールなことを言いそうな小林《こばやし》が、「もしかしたら、なんとかなるかもしれないな……」と山田《やまだ》救済案《きゅうさいあん》を提案《ていあん》した。

「山田《やまだ》は最近調子がおかしいんだって言ってたよな? 慣《な》れない塾《じゅく》通いで。誰《だれ》もつけてないのに、誰かがつけてると思ったり」

聞かれた元《げん》はウンウンと何度もうなずいた。

「そう！　それに、トイレの個室《こしつ》に入ってく時はおじいさんだったのに、出てきた時は若《わか》い男になってて驚《おどろ》いたとか、そういう変な話をしてたよな！」

と、大木《おおき》。

「どういうこと？　どこのトイレ？」

瑠香《るか》が聞くと、大木《おおき》は首をかしげた。

「うーん、たしか……商店街のコンビニのトイレって言ってたような気がするけど」

「何？　それ。変なの！」

「そうなんだよ。変だろ？」

「ま、とにかくだな。実際《じっさい》、山田《やまだ》のようすがおかしいのは事実なんだ。河田《かわだ》なんか、宇《う》宙《ちゅう》から来たコピー人間と入れ替《い》わってるんじゃないかとか言ってたくらいで」

元《げん》がそう言うと、瑠香《るか》はぷっと吹《ふ》きだした。

「相変わらずバカよね。そこまで来ると、感心するよ」

小林《こばやし》も苦笑していたが、真顔にもどった。

「なるほど……。とにかくそういう話をして、山田《やまだ》がいつもと調子が違《ちが》うことを言ってみるのはいいかもしれない。友達《ともだち》が心配して、そう言ってくれれば、親としてみれば心配になるんじゃないか？　ウソじゃないしね。

で、そこに山田《やまだ》本人が新たにもうひとつ塾《じゅく》に行くのは嫌《いや》だと言えば、説得力もあるだろうし、もしかしたら、親のほうもやめておこうかと思うかもしれない」

「そうだよそうだよ！　しかもさ。河田《かわだ》や島田《しまだ》が言っても説得力ないけど、小林《こばやし》くんが言ったら聞いてくれるって‼」

瑠香《るか》が勢《いきお》いこんで言った。

いいかもしれない！　と、元《げん》も大木《おおき》とうなずき合った。

黙《だま》ったままみんなの話を聞いている夢羽《むう》

をチラッと見たが、彼女《かのじょ》は別のことでも考えているようすだった。

前は、山田《やまだ》のことに興味《きょうみ》を持っていたのになぁ……。

元《げん》はふとそう思い、少しだけ寂《さび》しく思った。

「おい、元《げん》！」

「あ、ああ？」

大木《おおき》に言われ、振《ふ》り返る。

なんとみんな帰り支度《じたく》をして、元《げん》を見ていた。あわててランドセルをかつぐ。

瑠香《るか》が言った。

「元《げん》くん、しっかりしてよね。一度家に帰って、夢羽《むう》の家に集合だよ！」

### 3

「おやおや、いらっしゃい！　ボーイズ&ガール！」

夢羽《むう》の叔母《おば》、塔子《とうこ》が派手《はで》なポーズで出迎《でむか》えてくれた。

丘《おか》の上に建ったオンボロの、まるで遊園地のオバケ屋敷《やしき》のような洋館が夢羽《むう》の家だ。庭も荒《あ》れ放題だが、少し前までは塔子《とうこ》の造《つく》った菜園だけは青々していた。でも、今は冬だからか何もない。

玄関前《げんかんまえ》の一角に、皆《みな》、自転車を停《と》めてなかに入る。

暗い玄関ホール。天井《てんじょう》からはアンティークのシャンデリアがぶらさがり、正面の階段《かいだん》からは目を引くほど大きな猫《ねこ》が音もなく現《あらわ》れた。

「ラムセス！」

瑠香《るか》が甘《あま》い声をあげる。

あんな声、人間には絶対《ぜったい》出さないよなぁ。

ビシビシと言われっぱなしの元《げん》。

ラムセスは彼《かれ》の横をすり抜《ぬ》け、瑠香《るか》の足下にすり寄《よ》る。

夢羽《むう》の飼《か》っている猫《ねこ》だが、サーバル・キャットという種類で、体重が二十キロくらいもある大きな猫だ。エジプトの猫だそうで、斑点《はんてん》も美しく、小さな豹《ひょう》のように見える。

塔子《とうこ》とラムセスの歓迎《かんげい》を受け、みんな居間《いま》へ通してもらった。残るは大木《おおき》だけだ。

パチパチと火が爆《は》ぜる音が聞こえ、驚《おどろ》いた。

暖炉《だんろ》だ！

本物の暖炉がある家なんて、元《げん》は見たことがない。

「わぁ、素敵《すてき》ぃ！」

またまた瑠香《るか》が高い声をあげ、暖炉の前に座《すわ》った。

そこにはカーペットが敷《し》かれている。ラムセスの定位置らしく、彼ももっともらしい顔でゆったりと腰《こし》かけた。

なんだかエジプトのスフィンクスのようだ。

他《ほか》のみんなは思い思いにソファーや椅子《いす》に腰かける。


「いらっしゃい」

そこへやってきた夢羽《むう》。

珍《めずら》しく女の子っぽい薄《うす》ピンクのセーターを着ているし、グレーのチェックのスカートまではいているんで、元《げん》はドキッとした。

いやいや、ドキッとしたのは元《げん》だけじゃないようで、瑠香《るか》も小林《こばやし》も目を丸くしている。

「夢羽《むう》、かわいーい！　どうしたの？　スカートなんて珍《めずら》しいじゃん！」

「母《かあ》さんから送られてきたんだ……」

色白の夢羽《むう》がパッと頬《ほお》を染《そ》める。

夢羽《むう》の両親は仕事で海外にいるんだそうだが、いったいどこから送られたものなんだろう？

それにしても、ふわふわの長い髪《かみ》といい、吸《す》いこまれそうな大きな瞳《ひとみ》といい……。本当に、現実《げんじつ》にいる人なんだろうか？

いや、そもそも自分たちと同じ人間なんだろうか？

大げさでなく、元《げん》はそう思った。

「あ、ちょっとぉ！　なんか似合《にあ》ってるよ、ふたり」

瑠香《るか》が言ったのは元《げん》と夢羽《むう》ではなく、小林《こばやし》と夢羽《むう》である。

美少年の小林《こばやし》は偶然《ぐうぜん》、夢羽《むう》のはいているスカートと似たようなチェックのズボンをはいていたし、白いセーターを着ていた。

くやしいが、まるでカップルのように似合《にあ》っている。

「そっかな?」

なんて、小林《こばやし》は余裕《よゆう》の微笑《ほほえ》みを浮《う》かべたりしているし、夢羽《むう》もにっこり笑ったりして。

ぐぞおぉぉ。

そういや、オレもチェックのズボン持ってたよな。

なんか気取ってるような気がして、母親にいくら言われてもはかなかったが、今度ははいてみようかな。

などと、元《げん》だけが頭のなかで悶々《もんもん》としている時、

「夢羽《むう》、似合うでしょう? たまにはスカートはくといいデス! わたし、いつもそう言ってるデス」

と言いながら、塔子《とうこ》がお茶とお菓子《かし》をワゴンに乗せ、運んできた。

と、同時に玄関《げんかん》のベルが鳴った。

「あ、大木《おおき》だな」

元《げん》は立ち上がり、玄関へ向かう。

ドアを開けると、たしかに大木《おおき》もいたが、バカ田《ダ》トリオも吉田《よしだ》もいた。

「……??」

驚《おどろ》いたことに、山田《やまだ》が半べそをかいていた。

「やっぱり……塾《じゅく》、もうひとつ行かされることになったのか？」

元《げん》が聞くと、一番前に立っていた大木《おおき》が困《こま》った顔で首をひねった。

すると、後ろから顔を出した河田《かわだ》が悲痛《ひつう》な声で言った。

「それどころじゃないぜ！　山田《やまだ》、転校させられるかもしんねえ‼」

「ええええ??　て、転校??」

思わず大きな声をあげる。

瑠香《るか》たちも何事だ？　とやってきていて、「転校⁉　どういうこと？」と山田《やまだ》や河田《かわだ》に聞いた。

河田《かわだ》たちは顔をまっ赤《か》にしていたし、山田《やまだ》の目からは涙《なみだ》がみるみる落っこちそうになっていた。

# 4

「どういうことなのよ⁉」

パチパチと爆《は》ぜる音のする暖炉《だんろ》の前。

カーペットの上に皆《みな》、座《すわ》りこみ、山田《やまだ》を囲んだ。

彼《かれ》はもうすでにべそべそ泣いていた。

「ほら」

大木《おおき》にティッシュをもらい、グスグスと鼻をかんだり、涙《なみだ》を拭《ふ》いたり忙《いそが》しい。

「さっさと言いなさいよ！　もう。男でしょ⁉」

遠慮《えんりょ》会釈《えしゃく》ないのは瑠香《るか》である。

「まぁ、ちょっとさ。落ち着くまで待ってやろうよ」

と、瑠香《るか》を止めた元《げん》だったが、気になるのはいっしょだ。

「で？　転校ってどういうことだ？」

つい急《せ》かすように聞いてしまい、みんなから笑われた。

山田《やまだ》もつられて、少しだけ笑った。

そして、またハァッとため息をつき、ようやく話し始めたのだった。

山田《やまだ》が家に帰ってみると、すでに今日《きょう》テストが返されたという情報《じょうほう》をつかんでいた母の恭子《きょうこ》が仁王《におう》のように腕組《うでぐ》みして待ちかまえていた。

「さっさと見せなさい！」

問答無用、玄関口《げんかんぐち》ですぐさまランドセルを開け、テストを没収《ぼっしゅう》された。

たしかに70点は取れなかったが、これまでの山田《やまだ》からすればすき焼きでもしてお祝《いわ》いしてもらってもいいくらいの成果だ。

「まだまだだけど、よく頑張《がんば》ったわね！　この調子でやりなさい！」くらい言ってもらえるかな？　と、少しだけ期待していた。

だが、教育ママとして目覚めたばかりの恭子《きょうこ》はそんなに甘《あま》くはなかった。

まなじりを上げ、目も血走り、唇《くちびる》もワナワナと震《ふる》えた。

「何なの？　この点数。これじゃ、刻雲《こくうん》中学に入ったって、ついていけっこないでしょ!!」

「刻雲《こくうん》中学？」

山田《やまだ》は耳を疑《うたが》った。

刻雲《こくうん》といえば、東京《とうきょう》でも有名な進学校である。中高一貫《いっかん》の公立高校で、銀杏《いちょう》が丘《おか》から通おうと思えば、片道《かたみち》一時間半はかかる。

いやいや、公立だから越境《えっきょう》入学は認《みと》められていないはずだ。

恭子《きようこ》は何を言いだしたんだ？

目を丸くして山田《やまだ》が恭子《きようこ》を見る。彼女《かのじよ》は熱に浮《う》かされたように続けた。

「そうよ。一《はじめ》、あんたはね。刻雲《こくうん》に行って、東大や慶應《けいおう》を目指すの！」

「む、無理だって……そ、そんな……」

山田《やまだ》がおびえたように後ずさると、恭子《きようこ》はドンと床《ゆか》を叩《たた》いた。

「無理だって、誰《だれ》が決めたのよ‼　自分で決めてるだけでしょ。あのねぇ。あんた、何《なん》歳《さい》？　まだ十歳よ⁉　これからいくらでもやる気になれば、なんだってできるのよ。あんたが本気になればね。宇宙《うちゆう》飛行士にだって、弁護士《べんごし》にだって、科学者にだって、会社の社長にだってなんだってなれるのよ！　わかる？　今、ボケーッとしてたら、そりゃなれないわよ。だけどね、本気になって、がむしゃらにやれば、あんたの前には無《む》限《げん》の可能性《かのうせい》が広がってるのよ。なんでそのことに気づかないの⁉　いい？　河田《かわだ》くんとか島田《しまだ》くんとか、あんなバカな友達《ともだち》とはいっさい遊んじゃダメだからね。類は友を呼《よ》ぶの。朱《しゆ》に交われば紅《あか》くなるの！　そうねぇ……小林《こばやし》くんみたいな子と友達になりなさい‼」

恭子《きょうこ》は一気にそれだけ言ったかと思うと、新しい塾《じゅく》のパンフレットを見せた。

それは、70点以上取らないと入れるぞと脅《おど》かしていた塾ではなく、別の塾だった。

「こっちの塾のほうがいいみたいなの。でね、刻雲《こくうん》の近くだから、情報《じょうほう》もたくさん持ってるみたい。ただ競争率《きょうそうりつ》がすごいみたいだからね。来年から行くことにして。今はこっちで頑張《がんば》りなさい。合格超《ごうかくちょう》進学塾、週に六日行けばいいわ」

「で、でも……刻雲《こくうん》中学の近くってことは……通うのすごく時間かかるんだろ？」

「あぁ、安心しなさい。ママね。思い切って、この家を誰《だれ》かに貸《か》そうかと思ってるのよ」

「え、ええええええ⁇」

山田《やまだ》がひっくり返るほど驚《おどろ》いているのを見下ろし、恭子《きょうこ》はニヤッと笑った。

「驚《おどろ》いた？　そうなのよ。発想の転換《てんかん》ね。刻雲《こくうん》の近くに引《ひ》っ越《こ》せばいいじゃない？　あんただけじゃなく、圭《けい》や悠《ゆう》も愛《あい》も入れるじゃないの！」

「で、でも、パパはどうするの？」

山田《やまだ》の父親は銀杏《いちょう》が丘《おか》市に近いところの会社に勤《つと》めている。だからこそ、今住んでいる建て売り住宅《じゅうたく》を買ったのだ。

恭子《きょうこ》は少しだけ真顔になったが、次にはフンと鼻を鳴らした。

「いいのよ。パパはパパで考えるでしょ。大人《おとな》なんだから、なんとかするわよ」

どういうことなんだろう。

そんなに大切なこと、まだ相談もしてないってことなんだろうか。

恭子《きょうこ》の言い方に、山田《やまだ》はわけもなく不安になってしまった。

オレはこのまま引《ひ》っ越《こ》しさせられ、すごい進学校に通わされ、勉強一筋《ひとすじ》にさせられるんだろうか。

そんなことで、オレ、だいじょうぶなんだろうか？

いや、それより……この家、だいじょう

ぶなんだろうか？

## 5

「ひっどぉぉーい！」

すべてを聞き終わり、瑠香《るか》が第一声をあげた。

みんなは「うーむぅ……」となっている。

「なんかでも……山田《やまだ》の母《かあ》さんって、そんな感じだったたっけ？」

元《げん》は首をかしげた。

山田《やまだ》とは一年の時からのつきあいだし、運動会や参観日などで見た山田《やまだ》の母のイメージからはほど遠い。

小さな子供《こども》たちを抱《かか》えて忙《いそが》しそうにしていながらも、人が善《よ》さそうでいつもニコニコしている姿《すがた》しか想像《そうぞう》できない。

「そうなんだよ……オレも、母さんらしくないなぁって思う」

山田《やまだ》はまっ赤《か》になった目をパチパチさせる。

河田《かわだ》がスクッと立ち上がり、低い声で言った。

「やっぱり……あれだよ。あれとしか考えられない……」

みんないっせいに顔を上げ、河田《かわだ》を見上げる。

思いつめたような顔で意味ありげに元《げん》を見た。

「な?」

元《げん》だけは河田《かわだ》の考えがわかった。

あれだ……。

「な?」って聞かれても困《こま》る。

ぜひその話はやめてほしかったが、遅《おそ》かった。

「あのな。実は……宇宙《うちゅう》から謎《なぞ》の種が地球に落ちてくるんだ……。で、その巨大《きょだい》な豆のサヤからコピー人間が生まれて、知らないうちに人間たちと入《い》れ替《か》わっていくっていう話なんだが……」

誰《だれ》かに聞かれたら大変だというように声をひそめ、説明する河田《かわだ》の頭を瑠《る》香《か》が思いっ

きり叩《たた》いた。

「いい加減《かげん》にしなさいよ！　山田《やまだ》は真剣《しんけん》なんだよ⁉」

「べ、別にふざけてるんじゃねえぞ！　だってそうだろ？　そうとしか考えられないだろぉ？」

　本人は真剣そのものだったが、もう誰《だれ》も河田《かわだ》の言うことには耳を貸《か》そうとしなかった。

「オレ、マジにこのままだとおかしくなるよ。さっきもオレのこと、誰かつけてきたような気がしたし」

　山田《やまだ》が言うと、小林《こばやし》が聞いた。

「え？　だって河田《かわだ》たちといっしょに来たんだから、河田《かわだ》たちがつけてるっていうのは違《ちが》うよなあ？」

「そ、そうなんだ……」

情《なさ》けなさそうに言う山田《やまだ》の横から、島田《しまだ》が顔を出した。

「オレたち、山田《やまだ》をつけたことなんか一度しかないんだって。なのに、こいつ、ノ、ロ、イ、イーゼなんだぜ、きっと」

「それを言うなら『ノイローゼ』だよ」

小林《こばやし》が苦笑する。

すると、それまで黙《だま》って聞いていた夢羽《むう》が口を開いた。

「つけてくる男の顔、見た？」

「え⁉」

山田《やまだ》はびっくりして聞き返した。

夢羽《むう》とまともに話したことなどないから、身の置き所がないんだろう。顔をまっ赤《か》にし、くねくねと体をくねらせた。

「そ、そ、それがよくわかんないんだ……だ、だって、オレの勘違《かんちが》いかもしれないし。

さっきは河田《かわだ》たちといっしょだったし」

「じゃあ、河田《かわだ》たちは誰《だれ》かにつけられているように思った？」

小林《こばやし》が聞くと、河田《かわだ》も島田《しまだ》も顔を見合わせ、首をひねった。

「いや、誰かにつけられてることなんて、なかなか気づかないもんだよ。よっぽど頻《ひん》繁《ぱん》にやられるか、心当たりがなければ」

と、夢羽《むう》が言い、小林《こばやし》も「そういうもんかもな」と納得《なっとく》した。

「ところで、コンビニのトイレに入ったおじいさんが、出てきたときは若《わか》い男になってたという話も聞いたんだけど？」

再度《さいど》、夢羽《むう》に聞かれ、山田《やまだ》はまたまた顔をまっ赤《か》にした。

「そ、そ、そうだよ。いや、あの時はそう思ったんだけど……でも、今、考えると……

もしかしたら勘違《かんちが》いかもしれない……。やっぱオレ、慣《な》れない勉強とかするから、疲《つか》れてたのかも」

「いや、そうかな……」

と、夢《む》羽《う》は立ち上がり、薄型《うすがた》のノートパソコンを持ってもどってきた。

本当に薄くて、本物のノートのようだ。

みんなが興味津々《きようみしんしん》、画面を覗《のぞ》きこんでいる前で夢《む》羽《う》は淡々《たんたん》と指先で画面をなぞり、次々に画面を映《うつ》しだしていった。

そして、目的の画像《がぞう》を出した。

「これだけど……」

それは白髪《しらが》頭で眼鏡《めがね》をかけたおじいさんの顔だった。

鼻の頭には印象的なホクロがある。

「あ！」

と、瑠《る》香《か》が叫《さけ》んだ。

「これ、どっかで見たことある‼」

「そういえば……」

元《げん》も覚えがあるが、はっきりとはわからない。

「こ、こ、このおじいさんだと思う！　コンビニのトイレ、入ってったの」

山田《やまだ》は半信半疑《はんしんはんぎ》ながら、そう言うと、ゴクリとつばをのみこんだ。

## 6

「じゃあ、こうしていくと……どうかな」

夢羽《むう》は指先でおじいさんの頭のあたりをなぞっていった。

すると、不思議なことに、おじいさんの白髪頭《しらが》がみるみる黒くなっていく。

次に顔もなぞっていくと、しわが消えていき、ひげも黒くなった。

するとどうだろう⁉

白髪頭のおじいさんから、若《わか》い男に変わってしまったではないか。

「その若い男というのは、眼鏡《めがね》をかけていた？　ひげ、生やしてた？」

山田《やまだ》は遠くを見るようにして、記憶《きおく》を掘《ほ》り起こした。

そして、きっぱりとした口調で言った。

「いや、かけてなかったし、ひげもなかった！」

「ＯＫ」

今度は眼鏡《めがね》とひげを消してしまう。

もうほとんど別人だ。

出来上がった顔を見て、山田《やまだ》は興奮《こうふん》し、声を震《ふる》わせて叫《さけ》んだ。

「こ、こ、こ、こいつだぁぁぁああ‼ こ、こいつだよ。トイレから出てきたのは‼」

夢羽《むう》は満足そうにその画像《がぞう》を保存《ほぞん》した。

その時、元《げん》はようやく思い出した。

「そっかぁ！　このおじいさんの顔、どこ

かで見たことあると思ったけど。あの時、峰岸《みねぎし》さんが商店街に貼《は》ってた『振《ふ》り込《こ》め詐《さ》欺《ぎ》』の犯人《はんにん》の人相書きだったんだな」

「じゃあ、どういうことだ？　山田《やまだ》のこと、つけてたのはやっぱり錯覚《さっかく》とか幻覚《げんかく》とかじゃなくて、本当のことだったたってわけ？」

「いや、こいつが山田《やまだ》をつけているかどうかはまだわからない。ただし、こいつがコンビニのトイレで変装《へんそう》を取ったことと、それを山田《やまだ》に目撃《もくげき》されたと思いこんでいるのは事実だと思う。問題は、その日時なんだが……それ、いつだったか覚えてる？」

みんなに見つめられ、山田《やまだ》はガマガエルのように脂汗《あぶらあせ》を流した。

「そ、そ、そんなこと急に言われたって、覚えてるわけないだろぉ？」

「だぁぁ‼」

「しかたねぇなぁ！」

河田《かわだ》と島田《しまだ》が山田《やまだ》をボコボコ殴《なぐ》る。

「いてえ、いてえ‼」

山田《やまだ》は頭を押《お》さえ、逃《に》げ回った。

ちょうどその近くに座《すわ》っていたラムセスは迷惑《めいわく》そうな顔で、彼《かれ》らのそばから逃《に》げだした。

「んもう！　ふざけてる場合じゃないでしょ⁉」

瑠香《るか》が一喝《いっかつ》すると、バカ田《ダ》トリオはシュンとした顔でもどってきた。

「そうだ！　あの短冊《たんざく》……クリスマスツリーに短冊吊《つ》るしたのより前だった？　後だった？」

元《げん》が聞くと、山田《やまだ》は首をひねり、「あっ！」という顔で言った。

「あれ、吊るした日だった‼」

「だぁあら、それがいつか……覚えてないのかよ」

島田《しまだ》が詰《つ》め寄《よ》ると、山田《やまだ》は手をパタパタさせて答えた。

「わわ、わかった！　思い出した。あのツリーが飾《かざ》られた日だよ。オレ、ツリーが出るの、待ってたんだからさ」

「というと……十二月一日だよね？」

瑠香《るか》が言うと、元《げん》は大きな声で言った。

「そうだ！　だって、あそこのツリーは必ず十二月一日に飾《かざ》られるんだから！」

そこまで聞いて、夢羽《むう》は確信《かくしん》したようにノートパソコンを閉《と》じた。

「この人相書きの男におばあさんがだまされたのも十二月一日だった」

その時、山田《やまだ》はハッと顔を上げ、室内にある古時計《ふるどけい》を見た。

「や、やば‼　もうすぐ四時だ。オ、オレ、塾《じゅく》に行かなきゃ」

「あぁ、それなら急いだほうがいい。あれ、遅《おく》れてるから」

夢羽《むう》の答えに、山田《やまだ》はまっ青《さお》な顔になり、リュックからケータイを取りだした。

「げげげ、もう四時過《す》ぎてる‼　こんなことやってる場合じゃない！　オ、オ、オレ、行く‼」

呆気《あっけ》に取られるみんなを残し、山田《やまだ》は大あわてで出ていったのである。

## ★消えた山田《やまだ》

### 1

しかし、山田《やまだ》が出ていった後に夢羽《むう》がポツンとつぶやいた。

「しまった……！」

「え？　何が？」

元《げん》が聞くと、彼女《かのじょ》は深刻《しんこく》な顔で言った。

「……山田《やまだ》の後をつけていたのは『振《ふ》り込《こ》め詐欺《さぎ》』の犯人《はんにん》だと考えて間違《まちが》いないと思う。山田《やまだ》に顔を見られたんだと思ってるわけだからね」

「そ、そうだな」

「でも、今まで後をつけるだけで何にもしてないし。だいじょうぶだろ?」

と言った小林《こばやし》のほうを見て、

「そう。今までは……。だって山田《やまだ》はその事実を知らなかったからね。まさかあの時のおじいさんが『振《ふ》り込《こ》め詐欺《さぎ》』の犯人《はんにん》の変装《へんそう》だとは知らなかったから。でも、今は知ってる」

「そっか! やつのことだから、塾《じゅく》の連中とかに得意げに言って回るかもしれない。そしたら……!」

小林《こばやし》は顔をしかめ、みんなも事情《じじょう》がわかった。

山田《やまだ》がへたに騒《さわ》いで、ずっと後をつけている犯人《はんにん》の耳に入ったりしたら……。

「げげ……!」

「やばいぜ」

「ど、ど、どうしよう……!」

みんなの頭には、犯人に口をふさがれる山田《やまだ》の図が浮《う》かんだ。

「やつのケータイにかけよう！」

小林《こばやし》が言うと河田《かわだ》も島田《しまだ》も青い顔で首を横に振《ふ》った。

「オ、オレら、番号なんか知らねーよ」

「ケータイ持ってないし」

「わかった！　じゃあ、しかたない。山田《やまだ》の家の番号は？」

今度は瑠香《るか》に小林《こばやし》が聞く。瑠香《るか》も首を左右に振った。

「山田《やまだ》んちなんか登録してるわけないもん」

「じゃ、山田《やまだ》んちまで行くか！」

小林《こばやし》が立ち上がる。

「いや、二手に分かれたほうがいい。山田《やまだ》の家と塾《じゅく》と」

夢羽《むう》が提案《ていあん》し、皆《みな》、無言でうなずいた。

「山田《やまだ》のお母《かあ》さんを説得するのは小林《こばやし》に任《まか》せよう。いいね？」

そう言われた小林《こばやし》はこっくりうなずいた。

すると、それまで黙《だま》って聞いていた吉田《よしだ》が、

「ぼ、ぼくもいっしょに行こうか？」

と恥《は》ずかしそうにきいた。

小林《こばやし》はうれしそうに大きくうなずいた。

「ありがとう！　じゃ行こうか！」

ふたりがさっそく山田《やまだ》の家に向かったのを見て、夢羽《むう》は指示《しじ》を続けた。

「それから、瑠香《るか》！　峰岸《みねぎし》さんに電話だ」

「わ、わかった‼　なんて言えばいい？」

「わたしが出る」

「ＯＫ！」

すぐに電話をかけたのだが、あいにく留守録《るすろく》になっていた。

「夢羽《むう》！　留守録だよ。代わって‼」

「茜崎夢羽《あかねざきむう》です。『振《ふ》り込《こ》め詐欺《さぎ》』の犯人《はんにん》についての情報《じようほう》があります。至急連絡《しきゆうれんらく》ください」

夢羽《むう》はそれだけ言うと、ケータイを切り、みんなに言った。

「じゃあ、あとは塾《じゆく》に行こう！」

その言葉を待ちかねていた河田《かわだ》と島田《しまだ》。

「くっそぉー！　待ってろよ、山田《やまだ》ぁぁ！」

「オレたちが助けてやっからな！」

走って出ようとして、ふたり、ぶつかって転んでしまった。

「いってぇ！」

「うわぁっ‼」

「ちょ、ちょっとぉ。落ち着いてよ！」

瑠香《るか》が悲鳴のような声で怒鳴《どな》る。

だめだ！

みんな気が動転してる。

落ち着かなくちゃ！　まだ何も起こってないんだからな‼

元《げん》はわざと笑顔《えがお》で言った。

「おいおい、河田《かわだ》！　島田《しまだ》！　おまえらな、山田《やまだ》を助けたかったら、絶対《ぜったい》に騒《さわ》いじゃだめだろ。犯人《はんにん》に山田《やまだ》がこの件《けん》に気づいたと思わせちゃだめなんだから。わかるか？」

すると、ふたりは緊張《きんちょう》した顔でコクコクうなずいた。

まったく。ほんとにわかってるのかぁ??

「ねぇ。こいつら、ジャマだよ。ここに残しておいたほうが良くない？」

瑠香《るか》の言い方に、河田《かわだ》たちは再度《さいど》いきり立った。

「な、何をぉぉ!?　山田《やまだ》はオレたちの仲間なんだぞぉ‼」

「そうだそうだ‼　バカにすんな‼」

すると、大木《おおき》が間に立った。

「あのさ。みんなで行ったら目立つと思うんだ。だから、塾《じゅく》へは元《げん》と茜崎《あかねざき》に行ってもらおうよ。オレたちは残ってここで待ってようぜ。もしかしたら、山田《やまだ》、塾にはいないかもしれないし。そしたら、すぐまた手分けして捜《さが》さなくちゃならないしさ」

大木《おおき》がどうしてそういうことを言ったのかわからない。

ただ何か……第六感のようなものがはたらいたのか。

なぜなら、その後、本当に山田《やまだ》が行方《ゆくえ》不明になってしまったからである。

そう。

元《げん》と夢羽《むう》が塾へ急行した時、山田《やまだ》は今日《きょう》、無断《むだん》で欠席していると塾の先生に言われたのだった……。

# 2

「うん……山田《やまだ》はいなかった」

塔子《とうこ》のケータイを借りてきた夢羽《むう》は、塾《じゅく》を出たところで、瑠香《るか》から電話をもらった。

「あ、あのね。今小林《こばやし》くんから連絡《れんらく》来て……山田《やまだ》のお母《かあ》さんも山田《やまだ》に電話したんだって。でも、つながらなくって……で、塾にも電話したんだって。そしたら、やっぱいないってことで。大変なことになってるよ」

「そっか……で、峰岸《みねぎし》さんからは？」

「ううん、まだ。でも、念のために塔子《とうこ》さんのケータイの番号、メールしといたから！」

「了解《りょうかい》。じゃあ、とにかく山田《やまだ》を捜《さが》さないと……」

「うん、そうだね！　小林《こばやし》くんたちはお母《かあ》さんといっしょに捜すって言ってた。どうする？　河田《かわだ》たち、もうこれ以上押《お》さえられないよ」

「わかった。みんなで捜そう。河田《かわだ》たちには山田《やまだ》が行きそうなところを捜してって言ってくれ。瑠香《るか》と大木《おおき》もいっしょに行って。何かあったら連絡《れんらく》を頼《たの》む」

「うん！　わかったー‼」

ケータイを切ると、夢羽《むう》は元《げん》を見た。

元《げん》は自転車にまたがったまま、ドキドキしていた。

ワクワクするとか、夢羽《むう》を見てドキドキするとか、そんなんじゃない。

この前は、『振《ふ》り込《こ》め詐欺《さぎ》』の犯人《はんにん》に元《げん》を誘拐《ゆうかい》したというウソをつかれた。でも、今度のは違《ちが》う‼

もしかしたら、もしかするかもしれないんだ。

本気で怖《こわ》かった。

ハンドルを持つ手が震《ふる》えているのがわかる。

元《げん》の緊張《きんちょう》がわかったんだろう。

夢羽《むう》は勇気づけるように言った。

「だいじょうぶ。わたしの予想では、山田《やまだ》は誘拐されたとかそんなんじゃない」

「な、なぜ……そう言えるんだ？」

声がかすれるのがわかる。

夢羽《むう》は細いが、よく通る声で言った。

「わたしは考え違《ちが》いをしていたのに気づいたよ」

「え？」

「山田《やまだ》の頭にあるのは、振《ふ》り込《こ》め詐欺《さぎ》の犯《はん》人《にん》のことなんかじゃないんだ。それよりも塾《じゅく》に遅《おく》れることのほうが心配だった……彼《かれ》の頭にあるのは、塾のことだし、勉強のこと。中学のことや母親のこと。彼はさっき『こんなことやってる場合じゃない』と言ってただろ。もう四時過《す》ぎていたから、山田《やまだ》は塾に間に合わなかったんだよ」

元《げん》はさっきの塾の講師《こうし》がすごく怖《こわ》そうだったのを思い出していた。

「そっか。遅刻《ちこく》して教室に入っていくのが嫌《いや》で、塾には行かずにどこかに行ったとか？」

「うん、そうは考えられない？」

「うんうん。あいつ、いっつもそうだもんな。学校も。怒《おこ》られるの嫌《いや》で、遅刻《ちこく》するくらいなら欠席するって言ってた」

ふたりは、山田《やまだ》はどこへ行ったんだろう？　と、考えを巡《めぐ》らせた。

しばらく考えた後、ほぼ同時に「あ！」と顔を見合わせた。

「もしかして……」

「うん、そうかも！」

別に何の確証《かくしょう》もあったわけじゃない。

なんとなく……でも、そこにポツンとひとりで立っている山田《やまだ》が目に浮《う》かんできたのだ。

ふたりともすぐに自転車を飛ばしていこうとしたが、その時、塔子《とうこ》のケータイがまた鳴った。

「瑠香《るか》だ」

夢羽《むう》はそうつぶやくと、ケータイに出た。

「はい」

「夢羽《むう》？　あのね。山田《やまだ》、吾妻橋《あづまばし》の上にいたのよ！」

「うん……そうか。わたしたちもそうかと思って、今向かうところだ。で？　今、山田《やまだ》といっしょ？」

「それがさ。あいつ、お母《かあ》さんの顔見たとたんに逃《に》げだしちゃってさ」

「そうか…まぁ、とにかくそっちに行くよ」

夢羽《むう》が答えると、瑠香《るか》が大きな声を出した。

「ああ‼」

「何？」

「コーキチが来てくれた‼」

コーキチというのは、夢羽《むう》や元《げん》たちがちょっとした事件《じけん》で知り合った雑種犬《ざつしゅけん》だ。だいぶ高齢《こうれい》なので、本人はあまりアクティブに動きたくないのだが、何かを捜索《そうさく》するという話になると、こうして引っ張《ぱ》りだされる。

「ああ、あの犬？」

「そうそう。さっきね。電話したんだ。コーキチんちのおばさんも来てくれたよ」

「了解《りょうかい》。じゃあ！」

ケータイを切った夢羽《むう》は、元《げん》に目で合図した。

元《げん》もだいたいのことは理解《りかい》でき、心からほっとした。

誘拐《ゆうかい》されたとか、そんなんじゃないんだ。

やっぱりあいつ、逃《に》げてるんだな……。

母親の顔見て逃げだすだなんて、情《なさ》けないとかそんなふうにはとても思えなかった。

というより、むしろすごくわかる気がした。

3

合格超《ごうかくちょう》進学塾《じゅく》から吾妻橋《あづまばし》はすぐだ。

立ちこぎで坂道を登っていくと、橋の上で瑠香《るか》が手を振《ふ》り、待っていた。

「山田《やまだ》のやつ、ここでまたテスト用紙、紙飛行機にして飛ばしてたんだけどね。どっかにまた逃《に》げちゃって。今、みんなで追いかけてる」

「でも、誘拐《ゆうかい》とかじゃなくて良かった」

元《げん》が言うと、瑠香《るか》も「ほんとだよ――」と心の底からという声で言った。

その時、「ワンワンワンワン!!」と吠《ほ》え立てる犬の声がした。

南の方角だ。

「コーキチだ！　見つけたのかな？」

瑠香《るか》が自転車を押《お》しがけして乗り、次いで元《げん》と夢羽《むう》も自転車で追いかけた。


吾妻橋《あづまばし》からすぐそば。

「あけぼの湯」という銭湯《せんとう》の前だった。

さかんにワンワンと吠え立てるコーキチとその飼《か》い主の山本静恵《やまもとしずえ》。

そしてその横には山田《やまだ》の母、恭子《きょうこ》。彼女《かのじょ》は山田《やまだ》の小さな妹、愛《あい》を抱《だ》っこしていた。

他《ほか》には、河田《かわだ》、島田《しまだ》、吉田《よしだ》もいるし、大木《おおき》、小林《こばやし》もいる。

関係のない人たちも何事か？　と、集まってきている。

銭湯《せんとう》の主人らしきおじさんもいて、みんな空を見上げていた。

彼《かれ》らの視線《しせん》の先を見て、元《げん》も瑠香《るか》も「あっ!!」と叫《さけ》んだ。

夢羽《むう》はごくりとのどを鳴らした。

「あけぼの湯」と黒い文字がでかでかと書かれた銭湯の煙突《えんとつ》。

その中間くらいに山田《やまだ》がへばりついていたからだ。いや、正確《せいかく》にいえば、煙突の外側についた細長いハシゴにつかまっていた。

「山田《やまだ》ぁぁ……」

元《げん》は思わずつぶやいた。

哀《あわ》れすぎる。

そんなところに逃《に》げたってどうしようも

ないだろうに。

恭子《きょうこ》は愛《あい》を抱《だ》っこしたまま、髪《かみ》を振《ふ》り乱《みだ》し、目を引きつらせ、まるで鬼《おに》みたいな形相で見上げている。

「一《はじめ》！　バカなことやめて、さっさと降《お》りてきなさい‼　皆《みな》さんに迷惑《めいわく》でしょ？　まったく、恥《は》ずかしいんだから！」

「ワン！　ワワワンワワ、ワッワワワワワン‼　ワワンワワン？　ワワン、ワワワワン！」

コーキチが隣《となり》で、まるで犬語に翻訳《ほんやく》する通訳のように吠《ほ》えた。

彼《かれ》も同じように山田《やまだ》を見上げている。

「山田《やまだ》ー！　降りてこいよぉー‼」

「落ちたら怪《け》我《が》するぞー！」

眉毛《まゆげ》をへの字にして、河田《かわだ》と島田《しまだ》が言う。

「そうだ！　オレ、昇《のぼ》って助けてくる」

そんじょそこらのサルよりもずっとサルらしい島田《しまだ》が言ったが、銭湯《せんとう》の主人が「とんでもない！」と首を振《ふ》った。

それに、

「誰《だれ》も来るなー！　来たら、この手を離《はな》すぞー‼」

と、山田《やまだ》が泣き声で怒鳴《どな》った。

「バ、バカなこと言いなさんな！　そんなことしたら、どうなるかわからないの⁉」

恭子《きようこ》はワナワナと唇《くちびる》を震《ふる》わせ、怒鳴り返した。

「ワ、ワンワワワン！　ワワワンワ、ワンワンワ⁉」

やっぱりコーキチが犬語で吠《ほ》える。

「オ、オレ、ここがいいんだ。どこにも転校とかしたくないし、みんなとも離《はな》れたくないし、そんな遠くの塾《じゅく》も行きたくないんだ！　今の塾だって、ほとんどついてけないのに。それなのに…ママ、オ、オ、オレに…なんにも聞かないで、全部決めて……う、うううううううう……あぁあ――あぁぁあ――――ああああぁ～ん‼」

山田《やまだ》はしまいに泣きだしてしまった。

「あおぉぉおぉおおおおぉ――――ん‼」

今度はコーキチ、山田《やまだ》の泣き声に合わせ、遠吠《とおぼ》えを始めた。

# 4

今日《きょう》も冬空は快晴《かいせい》で、雲ひとつない。冷たい風がピュウピュウと音をたて吹《ふ》きつけてくる。

きっと煙突《えんとつ》の上は寒いんだろうなぁ……。

元《げん》は唇《くちびる》をかみしめ、山田《やまだ》を見つめ続けた。なんだか、見ているこっちまで切なくて、泣きたくなってくる。

恭子《きようこ》もぐすっと鼻をすりあげ、怒鳴《どな》った。

「わかったわよ！　その話はまた後でするから。とにかく迷惑《めいわく》だからさっさと降《お》りてらっしゃい‼」

「ワワワン！　ワワンワワワンワワン。ワンワワンワンワンワワンワン‼」

銀杏が丘
合格 進学塾

静恵《しずえ》は律儀《りちぎ》に吠《ほ》えているコーキチを「あんた、ちょっと黙《だま》って！」と叱《しか》りつけた。

コーキチは小さな目をしょぼつかせ、「え？　どうしてですかい？　わたしゃ、あの子にちゃんと通訳《つうやく》してやってんですよ」みたいな、まるで心外だとでも言いたげな顔で静恵《しずえ》を見上げた。

だが、彼女《かのじょ》が厳《きび》しい目で見下ろしているのを見て、ここは黙っておいたほうがよさそうだと判断《はんだん》したらしい。

おとなしく尻尾《しっぽ》を丸め、その場に伏《ふ》せをした。

そんなコーキチを見た後、静恵《しずえ》は恭子《きょうこ》に話しかけた。

「お母《かあ》さん、そうじゃないでしょう？　迷惑《めいわく》だからじゃなくて、心配《しんぱい》だからでしょう？」

「え??」

急に見知らぬおばさんに話しかけられ、恭子《きょうこ》は目を丸くした。

ちょうど自分の母親くらいの歳《とし》だ。

静恵《しずえ》はやさしく微笑《ほほえ》んだ。

「あのね。わたしもふたりの子供《こども》がいます。みんな大きくなっちゃって独立《どくりつ》したから、今ではお父《とう》さんとこの犬と暮《く》らしてます。わたしもいろんな失敗をしましたよ。後悔《こうかい》もいっぱいしています。一番の後悔はね。どんどん素直《すなお》になれなくなったことですよ。お母《かあ》さん、あなた、今泣いてるじゃない？　なぜ泣いてるの？　あの子が心配だからでしょう？　あの子の話をもっと聞いてやればよかったって思うからでしょう？　人様に迷惑《めいわく》だからとか、恥《は》ずかしいとか、そんなこと思ってもいないのに。違《ちが》いますか？」

「…………」

恭子《きょうこ》は目をまっ赤《か》にし、唇《くちびる》が白く変色するまでかみ、静恵《しずえ》をにらみつけるようにして見ていた。

顔もまっ青《さお》だ。

みんなどうなっちゃうんだろうと、身じろぎひとつできない。

風だけがピュウピュウと音をたて、吹《ふ》きつけ、恭子《きようこ》の髪《かみ》を逆立《さかだ》てた。


その時、「恭子《きようこ》!!」と呼《よ》び、走ってやってきた男の人がいた。

スーツ姿《すがた》の彼《かれ》を恭子《きようこ》が「パパ！」と呼《よ》んだので、山田《やまだ》のお父《とう》さんなんだというのがすぐわかった。

「なんだよ。何があったんだ？　一《はじめ》、一《はじめ》か!?　あれは」

スーツ姿の孝《たかし》は、山田《やまだ》そっくりの眉毛《まゆげ》を吊《つ》り上げ、大声で聞いた。

「まったく。どういうことなんだよ。おまえがちゃんと躾《しつ》けてないから、こういうバカなことになるんだろ!!」

頭ごなしに言われ、恭子《きようこ》は信じられないという顔になった。

「な、何言ってんのよ!!　誰《だれ》が躾けてないですって？　わたしはね。ひとりで、四人の子供《こども》の面倒《めんどう》見てるのよ。なのに、あんたは何!?　毎晩《まいばん》毎晩午前様で。いったい何やってるんのよ。どうせ若《わか》い娘《こ》と飲みに行ったりしてるんでしょ。わかってんのよ！　いいわよ。

わたしはね。子供《こども》たち、全部連れて引《ひ》っ越《こ》します！　どうせいないんなら、いっそ本当にいないほうがさっぱりする。公立のいい学校があるの。そこに入れて、ちゃんと育てます！」

まるで機関銃《きかんじゅう》のように怒鳴《どな》り続けた。

孝《たかし》は最初、何を言われているのかわからなかったようで、口をパクパクしていたが、気を取り直し、言い返した。

「な、何、言ってんだ？　オレが何のために、夜遅《おそ》くまで仕事してると思ってんだ⁉　あのな。うちの会社、もしかしたら倒産《とうさん》するかもしれないんだぞ？　そうならないよう、オレたちは今、死ぬ気で働いてんだ。それを、なんだ？　若《わか》い娘《こ》と飲みに行ってるだ？　バカも休み休み言え‼」

「し、知らないわよ、そんなこと‼　だったら、そう言えばいいでしょ‼　言わなくちゃわからないわよ。朝は早くから出かけるし、夜は帰るの二時三時で、土日もいないし、休みがあったらあったでずっと寝《ね》てるし。これじゃなんにもわからないのよ‼　あなたは父親失格《しっかく》よ！」

「うるさいうるさい‼　今はな。まだ何も言える段階《だんかい》じゃないんだ。なのに、中途半端《ちゅうとはんぱ》なこと言ったら、おまえらを不安にさせるだけだろう？　父親失格《しっかく》だ？　家を守るのは母親の役目だろ。おまえはオレを信じてればいいんだ！　信じられないってことは愛がないってことだろ！」

「愛ですって⁉　愛ですって……？　愛ですって…………」

恭子《きょうこ》は愛《あい》をギュッと抱《だ》きしめ、おいおいと泣きだしてしまった。

愛《あい》は、そんな母の頭をモミジのような小さな手でパンパン叩《たた》いている。

5

みんな目を丸くし、口もぽかんと開けていた。

伏《ふ》せをしていたコーキチは、（やっぱりここは犬語で通訳《つうやく》したほうがいいんじゃないでしょうかね？）と、静恵《しずえ》と恭子《きょうこ》たちとを交互《こうご》に見て、中腰《ちゅうごし》になったり座《すわ》ったりを繰《く》り返している。

元《げん》は小林《こばやし》と目が合った。

ふたりとも、そんなこと言い合ってる場合じゃなくて、早いとこ、山田《やまだ》を助け下ろしたほうがいいんじゃないのかと、気が気ではなかった。

だが、恭子《きょうこ》も孝《たかし》も言うだけ言ったからか、ようやく静かになった。
それを待っていたように、静恵《しずえ》がやさしい口調で言った。
「お母《かあ》さんもお父《とう》さんも一生懸命《いっしょうけんめい》なんですよ。お子さん、四人も育ててらっしゃるのね。偉《えら》いじゃない？　この少子化のご時世にね。お父さんの気持ちもわかりますけどね。やっぱり親子といえど、夫婦《ふうふ》といえど、話さなくちゃわからないこと、いっぱいあるの。うちもね。偉そうなこと言えない。つい最近、同じような夫婦喧嘩《ふうふげんか》しました。でもね。だから、言えるのよ。もっと夫婦で、家族でいっぱい話し合って。ね？

あの男の子だって、たくさん話したいことあるんだと思いますよ。

いいお子さんじゃないの。お母《かあ》さんの言うこと、すごく真面目《まじめ》に聞くのね。ずるい子なら、適当《てきとう》に『はいはい』ってなもんよ。真面目なふりして、実は適当にサボって……なんてね」

すると、河田《かわだ》も顔をまっ赤《か》にして言った。

「そ、そうだよ！　山田《やまだ》、最近すっげーつきあい悪くって、学校でも勉強ばっかするし、塾《じゅく》に行ってもついてけないけど、行くしかないからって必死だったし、この前のテストだってさ。オレら、小林《こばやし》にテストの山教えてもらっても30点くらいしか取れなかったけど、山田《やまだ》は50点とか取ったんだぜ？　すごいよ。頑張《がんば》ってるよ」

島田《しまだ》も泣きだしそうな顔で言った。

「そうだよ。おばさん！　山田《やまだ》、転校させないでくれよぉ」

「山田《やまだ》はたしかに勉強はできないかもしれないけど、すごくやさしいとこあるんです。

ぼく、不登校だけど、そんなぼくんちに、ほとんど毎日みたいに来てくれて……、おやつ食べてくだけだったりするけど、それでも、ぼくうれしくって。山田《やまだ》がいなくなると、ぼく困《こま》るんです」

吉田《よしだ》も消え入りそうな声で言った。

瑠香《るか》も目をまっ赤《か》にして、怒《おこ》ってるような顔で唇《くちびる》をかんでいる。

元《げん》と小林《こばやし》も目を赤くしていたし、涙《なみだ》もろい大木《おおき》はだぁだぁ涙を流していた。

夢羽《むう》は長い髪《かみ》が邪魔《じゃま》をして表情《ひょうじょう》が読み取れなかったが、黙《だま》ってみんなを見ていた。

すると、愛《あい》を抱《だ》きしめ、黙ったままの恭子《きょうこ》の肩《かた》をグッと抱き寄《よ》せ、孝《たかし》がみんなに言った。

「ありがとう。みんな一《はじめ》のこと、心配してくれて。オレはたしかに父親失格《しっかく》だな。一《はじめ》に、こんないい友達《ともだち》がいるのを知らなかった……。だいじょうぶ。一《はじめ》は転校しないよ」

恭子《きょうこ》は驚《おどろ》いて、孝《たかし》を見上げた。

孝《たかし》は、今度は煙突《えんとつ》にしがみついている山田《やまだ》に向かって大声で言った。

「おい、一《はじめ》！ パパが約束する。転校はさせない。今まで通り、家族みんなで暮《く》らすんだ。今はパパ、会社が大変でな。なかなかいっしょに遊べないけど、もうちょっとしたらなんとかなるから。いや、なんとかするから‼ 約束する」

山田《やまだ》は下を見た。

みんなが自分をすごく心配そうに見上げている。

改めて、こうして下を見ると、すごく怖《こわ》くなってきた。

手も足もブルブル震《ふる》える。

涙《なみだ》でグショグショになった顔を手で拭《ぬぐ》おうとして、はしごから片手《かたて》を離《はな》したとたん、ツルッと足を滑《すべ》らせてしまった。

「うわあぁぁあ‼」

「きゃあああ――――――――――‼」

「きゃ――‼」

「わああ――――――――‼」

「ワンワンワンワン‼」

悲鳴があがる。

コーキチが吠《ほ》える。

山田《やまだ》の体は信じられないスピードで落下していった。

孝《たかし》が飛びだした。

だが、とうてい間に合わない。

代わりに別の男の人が手を広げ、飛びつくようにして山田《やまだ》を受け止めた。

野次馬のひとりだった。

それほど高い所からではなかったが、下は硬《かた》いコンクリートだ。そのまま叩《たた》きつけられ、打ち所が悪かったら、命の保証《ほしょう》はなかったかもしれない。

みんながみんな、目の前の光景にしばらく声も出なかったが、誰《だれ》かが拍手《はくしゅ》をし始め、拍手の輪は広がっていった。

「よかったよかった！」

「あー、驚《おどろ》いた」

「びっくりしたぞぉ」

「でも、よかったね！　お手柄《てがら》よ、あの人」

みんなが口々にほめ、拍手している。

恭子《きょうこ》は力が抜《ぬ》けたようでへなへなとその場にしゃがみこんでしまったし、孝《たかし》は助けたその人から山田《やまだ》を受け取り、ぺこぺこと何度も頭を下げ、お礼を言っていた。

山田《やまだ》自身は涙《なみだ》いっぱいの顔で、腰砕《こしくだ》け状態《じょうたい》。

そこへ誰《だれ》かが通報《つうほう》したのか、警官《けいかん》が自転車に乗ってやってきた。

でも、もう事態《じたい》が収拾《しゅうしゅう》したらしいことを知って、ゆっくり自転車から降《お》りた。

だが、さらに思いもかけないことが起こった。

それまで黙《だま》っていた夢羽《むう》がよく通る声で言ったのだ。

「おまわりさん、捕《つか》まえてください。その人、振《ふ》り込《こ》め詐欺《さぎ》の犯人《はんにん》です！」

彼女《かのじょ》は山田《やまだ》を助けた、その人を指さしていた。

山田《やまだ》は涙《なみだ》でまだ濡《ぬ》れた目をこすった。

そして、その男の顔を指さし、「あ――‼」と叫《さけ》んだ。

がっちりしたあご、四角い顔、たれた目、鼻の頭の印象的なホクロ……。

たしかに、元《げん》も見た顔だと思ったら、さっき夢羽《むう》のパソコンで見たばかりの若《わか》い男の顔。例の人相書きに変装《へんそう》した男にそっくりだった。

男はものも言わず、走りだした。

コーキチが「ワンワンワンワン‼」と吠《ほ》えた。

「逃《に》がさないでください‼」

夢羽《むう》の声に、わけがわからないなりに、周囲の人たちがワッとばかりに男を取り囲んだ。

そこをすかさず警官《けいかん》が後ろから羽交《はが》い絞《じ》めにした。

その時、車が到着《とうちゃく》。

なんと車からは峰岸刑事《みねぎしけいじ》が現《あらわ》れた。

さっき瑠香《るか》がメールで『あけぼの湯にいます。すぐ来てください！』と連絡《れんらく》していたからだ。

「どうかしたの？」

峰岸《みねぎし》は警官《けいかん》に取り押《お》さえられた男を見て夢羽《むう》を振《ふ》り返った。

夢羽《むう》は目を細めた。

「『振《ふ》り込《こ》め詐欺《さぎ》』の犯人《はんにん》ですよ。髪《かみ》を白くして、白いひげと眼鏡《めがね》をつけた顔を想像《そうぞう》してみてください」

峰岸《みねぎし》はもう一度男の顔を見て、「あ――! お、おまえ!!」と指さした。

振《ふ》り込《こ》め詐欺《さぎ》の犯人《はんにん》は手錠《てじょう》をかけられ、パトカーに連れていかれる時、呆然《ぼうぜん》としている山田《やまだ》やその両親をチラッと見た。

彼《かれ》の表情《ひょうじょう》はつらそうにも見えたが、ホッとしたようにも見えた。

一件《いっけん》落着。

この降《ふ》ってわいたような大捕《おおと》りものに、みんな大興奮《だいこうふん》である。

みんなの気持ちを代表するように、コーキチがまた「アオォオォオ――――ン!!」と遠吠《とおぼ》えをし、締《し》めくくったのである。

6

翌日《よくじつ》。

当然、教室では、その話題で持ちきりだった。

いつもはそばに寄《よ》られるのも、露骨《ろこつ》に嫌《いや》がる女子たちでさえ、バカ田《ダ》トリオが登校するのを待ち構《かま》えていた。

もちろん、事件《じけん》の中心になった山田《やまだ》は得意げに話して回った。

だが、みんな飽《あ》きるのも早い。

一度や二度聞けば十分だ。

だが、空気の読めないバカ田《ダ》トリオは延々《えんえん》と同じ話を繰《く》り返し、結局はみんなに嫌がられていた。

そんな彼《かれ》らを見て、元《げん》たちはため息をついた。

「一時はどうなることかと思ったけど、良かったよ。怪我《けが》もなく、誘拐《ゆうかい》もされなくってさ」

「本当だよな。オレ、あんまり心配しすぎて、やせるかと思ったぜ」

と、大木《おおき》。

隣《となり》の席に座《すわ》っていた小林《こばやし》がプッと吹《ふ》きだし、

「そういや、山田《やまだ》は今行ってる塾《じゅく》は続けるんだってさ」

と言った。

「へぇー！　ほんとに？　だって、もう転校もしないし、無理な中学にも行かなくていいってことになったって、今朝《けさ》言ってたよ？　ねぇ、夢羽《むう》！」

瑠香《るか》が夢羽《むう》に同意を求めたが、彼女《かのじょ》は興味《きょうみ》がないらしく、首をかしげるだけ。

小林《こばやし》はひょいと肩《かた》をすくめてみせた。

「まぁ、行くといっても週に二日くらいにするらしいけどさ。せっかくこの前、50点とか取れたし、あれくらいはできたほうがいいって自分でも思ったんだろうな」

「なるほどねー！　そうだね。少しは勉強したほうがいいのよ！　バカは治んないと思うけどさ」

などと噂《うわさ》していると、当の本人がやってきた。

「ふん！　やっぱりオレの噂か？」

「塾《じゆく》、続けるんだって？」

瑠香《るか》が聞くと、山田《やまだ》はちょっとだけ真面目《まじめ》な顔つきになった。


昨夜、例の騒《さわ》ぎがあった夜のことだ。

家族団《だん》らん、近所のファミレスに家族全員で行った。

家族全員で食事するのも久《ひさ》しぶりだったが、みんなが心から笑顔《えがお》でいられたのも久しぶりだった。

恭子《きようこ》もカリカリせず、気持ち悪いほど機嫌《きげん》も良かったしやさしかった。

帰ってから、これまた珍《めずら》しく孝《たかし》と風呂《ふろ》にも入った。

「今回は、一《はじめ》もとんだトバッチリだったな。きっとパパがずっと忙《いそが》しくて、何も聞いてあげられなかったから、ママ、寂《さび》しかったんだろう。ごめんな。

さっきママ、言ってたぞ。橋の上で、一《はじめ》がママの顔を見たとたん、逃《に》げだしたことが一番悲しかったたって。自分、いったい何をやってるんだろうって思ったたってさ。

ちょっと今回はやりすぎだったが、ママはママで一《はじめ》のことを一生懸命《いっしょうけんめい》考えてるんだ。許《ゆる》してやってくれな」

「……………もういいよ。パパ、転校とかほんとにしなくていいんだよな？」

「もちろんだ！　オレが保証《ほしょう》する」

「じゃあ、いいや！」

プルプルっと顔を洗《あら》い、山田《やまだ》は孝《たかし》に聞いた。

「パパ。『振《ふ》り込《こ》め詐欺《さぎ》』の犯人《はんにん》なんだけどさ。根は悪い人じゃないと思うんだ。なんであんなことするようになったんだろう」

すると、孝《たかし》は湯船にザブンとつかり、うーむと考えた。

そして、

「事情《じじょう》はわからないけど、あの人もどっかでうまくいかなくなったんだろうな。人間、そういうことはあるだろうけど、どんな時も、これだけは譲《ゆず》れない！　っていう柱みたいなもんを持ってること、それから、あきらめないことだと、パパは思う。

オレもさ、今、会社が大変で。油断《ゆだん》してると、つい弱気になって、あきらめそうになったりもするんだ。もっと楽な道、あるよなって思うこともある。誰《だれ》かに責任《せきにん》、おっかぶせて逃《に》げだすことだってできる。

だけどさ、それで本当にいいのかってことなんだ。それで、オレらしく生きてるのかってことなんだよ。柱、ぐらついてないかってね。

ま、一《はじめ》、おまえもいろいろあるとは思うけどさ。それに無理する必要もないけど、ちょっとは頑張《がんば》ってみろよ。おまえさー、何歳《なんさい》だよ⁉　これから自分さえ頑張ればなんにだってなれるんだぜぇ？　すごいことじゃんか。ま、それもそっくりそのまま自分にも当てはまっちまうんだけどなー！」

孝《たかし》は、山田《やまだ》に言うというより、半ば自分に言い聞かせているように話した。

その言葉の半分もわからなかったが、男同士、ちゃんと対等に話してくれた父がうれしかった。


山田《やまだ》は瑠香《るか》に言った。

「あのな。オレたちの未来は無限大《むげん》なんだぜ！　やる気になれば、なんにだってなれるんだ。医者だって、パイロットだって！」

「やーだ！　誰《だれ》があんたみたいなお医者さんにかかる？　パイロットぉ⁉　無理無理ぃー！　ごめん。まだ死にたくない」

瑠香《るか》は大げさに顔をしかめてみせた。

「うっせぇー‼　このババア！」

「なんだなんだ？」

「どうしたどうした？」

そこへ河田《かわだ》と島田《しまだ》もやってきて、嫌《いや》がる瑠香《るか》を追いかけ始めた。

みんなが思い思いの話をしたり、騒《さわ》いだり、悪ふざけをしたりしているなかで、キャーキャー歓声《かんせい》があがる。

まったくもって、見事なほど変わらない光景だよな。

今日《きょう》も快晴《かいせい》。

突《つ》き抜《ぬ》けるような青い空をキャンバスに、白い飛行機雲が走っている。

元《げん》は教室の窓《まど》からその雲のカーブを見上げつつ、山田《やまだ》の言葉を思い出していた。

オレたちの未来は無《む》限《げん》大なんだぜ！

おわり

# IQ《アイキュー》探偵《たんてい》ムー

## キャラクターファイル

# IQ《アイキュー》探偵《たんてい》ムー

## キャラクターファイル

# #23

名前《なまえ》………吉田大輝《よしだたいき》
年《とし》…………10歳《さい》
学年《がくねん》………小学《しょうがく》5年生《ねんせい》
学校《がっこう》………銀杏《いちょう》が丘第一小学校《おかだいいちしょうがっこう》
家族構成《かぞくこうせい》…父《ちち》／正治《まさはる》　母《はは》／峰子《みねこ》　妹《いもうと》／歌織《かおり》
　　　　　ペット／デレク（トイプードル）
外見《がいけん》………髪《かみ》を長《なが》く伸《の》ばし、色《いろ》も白《しろ》く、一見《いっけん》すると女《おんな》の子《こ》のよう。
　　　　　背《せ》は高《たか》くやせている。
性格《せいかく》………３年《ねん》の２学期《がっき》に転校《てんこう》してきて以来《いらい》、不登校《ふとうこう》に。
　　　　　しかし、移動教室《いどうきょうしつ》以降《いこう》、バカ田《ダ》トリオとは遊《あそ》ぶようになる。けっこう勉強《べんきょう》はでき、物事《ものごと》を深《ふか》く考《かんが》えるタイプ。

# あとがき

こんにちは！

今回の『ＩＱ探偵《たんてい》ムー　バカ田《ダ》トリオのゆううつ』いかがでしたか⁇

河田《かわだ》、島田《しまだ》、山田《やまだ》。この三人のお話はいつか書きたいと思っていました。

いますよねー、クラスにひとりやふたり。ったくー‼　って、みんなにあきれられながらも、どこか憎《にく》めない……そんな子。あ、それ、オレかもしれない……なんてね。

「バカ」って使ってますけど、わたしは悪い意味で使ってないんですよ。

どっちかといえば、「この馬鹿《ばか》者！」とか「馬鹿野郎《ばかやろう》！」なんて感じではなく。「ばっかだなー！」とか「ばかだよ、もう！」なんてね。

漢字じゃなくて、ひらがなっぽいかな。わかります？

次に出す『ＩＱ探偵タクト』では、関西出身の女の子が「アホやなぁ！」って言って、それを聞いた主人公の未来《みく》ちゃんがショックを受けるシーンが出てきます。

関西出身の友達に聞くと、反対に……東京人が言うところの「バカ」はキズつくんだそうですね。「アホ」っていうのは、日常会話のなかにたくさん出てきていて、大した意味はないんだとか。でも、東京人は「アホ」って言われると、ドキッとします。

みなさんがどこの出身の方なのかわかりませんが、もしも、ドキッとしちゃってたらごめんなさいね。わたしとしては、愛をこめて使ってるつもりなんですよ。

何しろ、このバカ田《ダ》トリオ、なーんだか好きなんですもん。読者の方からのお手紙でも、けっこう人気があるのがわかります。

いつも問題ばかり起こすし、けっこう卑怯《ひきょう》なところもあるし、何しろ軽率《けいそつ》ですよね。

だいたいわたしは元《げん》くんの気持ちになって考えるんですが、「なんだよ、それ‼」って、元くんといっしょによく思いますよ。正義感の強い瑠香《るか》ちゃんの天敵《てんてき》だしね。

そのバカ田トリオのひとり、童顔《どうがん》の山田《やまだ》が今回、大変な目にあいます。

といっても、みなさんにとっても悩《なや》みの種だったりする、お勉強のこと。中学受験とかね。塾《じゅく》のこととか、学校のこと、テストのこと……。

うわわわわわ。

そんなこと、本を読む時くらい忘れたいよぉ！　なんて。

まぁまぁ、そう言わないでください。

IQ探偵《たんてい》ですから、普通の本とはちょっとばかし違いますからね！

わたしが小学生だった頃なんて、遠い遠い昔なんですが……なぜか昨日のように思い出せます。といっても、すっごく印象に残っているのは、変なのばっかりです。

福島《ふくしま》くんという髪の短い男の子が、授業中、青っぱなを三十センチ以上たらしていたことがあってね。偶然《ぐうぜん》、それを目撃《もくげき》してしまったわたしは、目が点‼

な、な、なんだ、それは。その鼻から出ている緑色のスライムは⁉

信じられますか⁉　ど、ど、どうするの？　それ。

もちろん、気持ち悪いから見たくないんだけど、でも、どうするんだろうっていうのが気になって、チラチラ見てしまうわけですよ。わかるでしょ？

ま、当然、ティッシュで取ってしまうだろう、あぁ、取ってくれ！　お願い！　と思ってました。なのになのに、福島君はこともあろうに、ずずずずっとすすりこんでしまったんですよ！

ひえぇぇぇぇぇ。ぎ、ぎぼぢ、ばどうぅい。

今でも、そのことははっきり覚えていて、福島《ふくしま》君の名前も顔もしっかり覚えてます。

当時、好きだった子の名前も顔も覚えてないし、担任の先生の名前すら忘れちゃったというのにね。

あー、やだやだ。また久々に思い出してしまいました。

っていうか、福島君、ごめん。こんなこと書いて。

気を取り直して。

わたしの母はものすごい教育ママでした。家に帰ると、ドリルが十枚以上机の上に置いてあって、それと宿題、予習復習をやらないと、遊びには行けないシステムになってました。

つまり、遊びには行けないってことです（涙）。

で、どうしたかというと……当然、遊びには行きたいわたし。

母親の目を盗んで、ドリルの解答を盗み見しようと、必死になるわけです。

そりゃもう、忍者《にんじゃ》かスパイかって感じですよ。

でも、バカなんですよね。適当にごまかして書けばいいものを、ドリルの解答、そのまんま、丸写しするもんだから、答え見て書いたんだってバレバレなんですよね。むちゃくちゃ怒られましたね。結局、最初のドリルの倍、やらされまして。しかも、説教《せっきょう》は翌日まで続いたりして、最悪でした。

ま、でもね。

そんな経験が全部、今に活《い》かされているんだから、何がどうなるかわからないもんです。

さて、次は『ＩＱ探偵《たんてい》タクト』と夢のコラボを！　なんて思っています。

実現できたらいいですね。

みなさんは、ぜひ『ＩＱ探偵タクト』のほうも読んで、予習をしておいてくださいね。

さらに楽しめると思います！

ではでは、またお会いする日を楽しみに!!

深沢美潮

IQ探偵シリーズ⑰
IQ探偵ムー バカ田トリオのゆううつ

2010年3月　初版発行
2016年12月　第6刷発行

著者　深沢美潮《ふかざわみしお》

発行人　長谷川 均

発行所　株式会社ポプラ社
〒160-8565 東京都新宿区大京町22-1
［編集］TEL:03-3357-2216
［営業］TEL:03-3357-2212
URL http://www.poplar.co.jp

イラスト　山田Ｊ太
装丁　荻窪裕司（bee's knees）
DTP　株式会社東海創芸
編集協力　鈴木裕子（アイナレイ）

印刷・製本　大日本印刷株式会社


ISBN978-4-591-11570-1 N.D.C.913 207p 18cm
Printed in Japan



読者の皆さまからのお便りをお待ちしております。
いただいたお便りは、編集部から著者へお渡しいたします。

本書は、2009年12月に刊行されたポプラカラフル文庫を改稿したものです。